촌스러워도 괜찮아

촌스러워도 괜찮아

초판 1쇄 발행 | 2020년 8월 17일

지은이 | 오인환
펴낸이 | 김지연
펴낸곳 | 마음세상

주 소 | 경기도 파주시 한빛로 70 515-501

신고번호 | 제406-2011-000024호
신고일자 | 2011년 3월 7일

ISBN | 979-11-5636-430-6 (03810)
원고투고 | maumsesang2@nate.com

* 값 13,200원

* 마음세상은 삶의 감동을 이끌어내는 진솔한 책을 발간하고 있습니다.
참신한 원고가 준비되셨다면 망설이지 마시고 연락주세요.
이 도서의 국립중앙도서관 출판예정도서목록(CIP)은 서지정보유통지
원시스템 홈페이지(http://seoji.nl.go.kr)와 국가자료종합목록 구축시스
템(http://kolis-net.nl.go.kr)에서 이용하실 수 있습니다. (CIP제어번호 :
CIP2020032012)

촌스러워도 괜찮아

오인환 지음

마음세상

나는 항상 촌놈이었다

어니스트 헤밍웨이(Ernest Hemingway)에게 노벨문학상을 안겨 준 소설이 있다. 그의 마지막 소설로도 유명한 '노인과 바다'이다. 늙은 어부 산티아고가 84일 동안 물고기를 잡지 못해 괴로워하는 내용을 담고 있다. 늙은 어부 산티아고는 망망대해의 한없이 넓고 큰 바다를 배경으로 청새치를 얻기 위해 고군분투한다. 바다는 '삶'이다. 긴 무료함과 막연함을 주고 찰나의 쾌락을 안겨 준다. 고난과 역경을 쾌락에 숨겨 놓고 표류하는 배의 목적을 잃게 한다. 하지만 결국, 허무하게 빈손으로 돌아간다. 바다는 그런 곳이다. 마치 우리의 삶과도 같다.

어린 시절부터 바다와 함께 있었다. 태어난 섬의 특수성을 평생 벗어나지 못했다. 제주에서 태어나 첫 해외여행을 일본으로 떠났다. 그곳에서 섬사람들을 만났고, 지난 10년간 유학하고 사회생활 했던 곳은 뉴질랜드다. 다시 돌아온 곳은 제주다. 항상 바다를 곁에 두고 살다 보니 바다는 나와 뗄 수 없는 가족 같은 공간이다. 차를 타고 5분이면 관광객들이 수개월을 바라는 해안도로를 볼 수 있다. 투박한 현무암 돌덩이가 아무렇게나 솟아있는 제주해안도로 끄트머리에 차를 대놓는다. 오고 가는 파도를 한없이 바라본다. 코끝으로 짠 바다냄새가 찔러온다. 어깨 위로 짊어지던 걱정거리들이 파도에 쓸려나가는 듯하다.

자동차 에어컨 바람이 흘러나온다. 창문을 조금만 열어 바닷냄새를 맡는다. 언제 어디서든 이 냄새만 기억할 수 있다면 내가 어디에 살던 어린 시절의 고향으로 돌아갈 수 있다. 머릿속은 육신을 놔두고 혼자서 긴 시간여행을 떠난다. 짧은 바지에 슬리퍼 하나만 대충 신고 현무암 돌덩이를 밟으며 바닷가에서 놀던 어린 시절이 짧은 순간 스쳐 지나간다. 뉴질랜드의 바다도 참 아름다웠다. 무언가 먼 외딴 섬에 있다는 생각이 들게 되면 엄청나게 광활한 바다가 낯설기도 했다.

제주도 남쪽, 서귀포시 남원읍이라는 마을이 있다. 그 작은 마을에서 자랐다. 밑으로 내려가면 어렵지 않게 개울을 만난다. 개울에서 도롱뇽알과 개구리알을 채집하고 자랐다. 버려진 페트병을 주워 채집한 개구리알과 도롱뇽알을 우겨 담았다. 감귤이 지천으로 널려 있는 마을이었다. 감귤 철이 되면 온통 파랗던 마을은 주황색으로 변모했다. 감귤이 주렁주렁 열리기 시작하면 마을 지천으로 감귤 향이 진동한다. 그런 감귤 향 진동하는 촌구석에서 마른 귤나무 가지로 땅에 그림을 그리며 자랐다.

주위에 이웃사촌 같은 것은 없다. 외딴 섬에 전봇대가 들어오길 간절히 기다렸다. 이웃사촌과 떡을 나눠 먹는 상상을 하며 어린 시절을 보냈다. 창문을 열면 빛 하나 없었다. 주변에 유일한 빛은 가끔 지나가는 경운기가 고작이었다.

학교를 입학했을 때가 기억난다. 촌놈들이 모여 있는 시골 학교에서도 나는 촌놈이었다. 촌놈 중에서도 촌놈으로 분류됐다. 중학교에서도 고등학교에서도 항상 촌놈이었다. 더 넓은 세상으로 나갔다. 항상 촌놈이라는 정체성을 뼛속에 묻고 자랐다.

남원읍 촌놈에서 서귀포 촌놈으로 불렸다. 서귀포 촌놈에서 제주 촌놈으로 불렸다. 만 스무 살에 해외로 나가서야 겨우 촌놈이라는 딱지를 뗄 수 있었다. 사람들은 나를 한국인으로 불렀다.

살면서 촌스러움에 대한 콤플렉스가 있었다. 어떻게 하면 출신을 속일 수 있을지 고민했다. 깔끔한 옷과 흰 피부를 가진 도시 아이들을 보며 사촌형에게 물려받은 목 늘어난 티셔츠가 부끄러웠다. 까맣게 탄 피부를 보면 '왜 나는 다르지?'를 생각했다.

'촌스러움'이라는 단어는 지금 돌이켜보면 가장 강력한 무기다. 이처럼 책의 소재가 됐다. 재밌는 추억거리이기도 하다. 동네 친구들과 더없는 유대감도 준다.

'촌스러움'을 국어사전에 찾아본다. '어울린 맛과 세련됨이 없이 어수룩한 데가 있는 것'이라고 정의되어 있다. '어수룩하다'는 말은 '겉모습이나 언행이 치밀하지 못하여 순진하고 어설프다.'라는 뜻이다.

섬세하거나 꼼꼼하지는 못하지만 순진하고 어설픈 매력이 바로 촌스러움이다. 우리는 항상 보이는 부분에 신경 쓴다. 그러다 보면 정작 자신을 살피지 못한다. 남에게 비추어지는 것에 신경을 쓰고 살다 보니 많은 시간과 기회를 놓치고 산다.

남들보다 뒤처지지 않기 위해 적당히 유행도 타고 남들 다 보는 TV 프로그램도 모두 챙겨봐야 했다. 남들 모두 다 아는 뉴스 기사도 모두 읽어야 한다. 단지 촌스럽지 않기 위해 인생 대부분을 소모한다. 촌스럽다는 것이 노예 같은 계급의 하층에 속해 있는 듯 열등감을 준다고 느낀다. 도망치다 붙잡힌 노비에게 찍힌 낙인 도장처럼 수치스러운 일이라고 생각한다. 하지만 촌스러움이라는 본래의 의미로 인생을 대하면 삶은 순수해진다. 겉모습과 언행이 자신을 속이지 않는 정직함이 된다. 조금만 촌스럽기를 인정한다면 인생은 얼마든지 편해진다. 먹고 싶은 것을 마음껏 먹고 사랑하고 싶은 이를 마음껏 사랑할 수 있다. 하고 싶은 말도 마음껏 할 수 있다.

남원이라는 마을을 벗어나고자 부단히 노력했다. 최대한 이곳에서 멀어지고자 했다. 보다 더 나아가 큰 세상을 보려고 했다. 부끄러움은 뻗어 나가는 원동력이 되기도 했다. 수출을 처음 할 때는 다짜고짜 해외 마트로 전화와 메일을 보냈다.

'절차는 잘 모르겠는데 감귤을 팔고 싶어요.'

제주 감귤이 싱가포르 전국으로 판매되는 계기다. 유학할 때는 다짜고짜 외국대학교 교수진들에 메일과 문자를 보냈다.

'학생들에게 무료로 한국어를 가르쳐 드릴게요!'

한 교수님의 답변이 왔다. 그렇게 해외에서 한국어 과외를 했다. 다른 어학연수생들보다 많은 외국인 친구를 만났다. 수십 명의 외국인 친구들에게 한국어 과외를 했다. 나의 영어 실력이 그들의 한국어보다 더 빨리 늘었다. 돈받지 않고 과외를 해주는 나에게 친구들은 늘 미안해했다. 그들은 매번 내게 밥을 사주었다. 촌스러움은 자신이 생각을 거침없이 표현하는 매력이 있다. 언제든 자기 생각을 실현하게 해준다.

학생비자로 뉴질랜드에서 일할 수 있는 시간은 주당 40시간이다. 학비가 부족했다. 더 많은 돈이 필요했다. 한인 커뮤니티에서 귀국하는 사람들이 떨이로 내어놓는 귀국 세일의 밥통을 5~10불인 것을 보게 됐다. 그리고 외국인 커뮤니티에서 50불로 판매하는 것도 보게 됐다. 서로 교류가 없는 한인 커뮤니티와 외국인 커뮤니티의 시세 차이가 있다는 것은 누구나 아는 일이었지만 누구도 그 시세차익을 얻는 실행을 몸소 옮기지 않았다. 나는 그 시세 차이를 이용하여 아르바이트보다 더 많은 돈을 벌었다.

해외에서 묻지도 않고 시골의 한 마을에 아르바이트를 하러 갔다. 연고도 없고 돈도 없이 책가방과 편도 버스 티켓 하나만 갖고 내려갔다. 그 곳에서는 도리어 좋은 기회를 맞았다. 20대 중반의 나이에 지점장 직책까지 올라가기도 했다.

왜 나는 유별나지? 생각이 들었다. 나는 내성적이고 낯가림도 심하다. 하지만 종종 재밌는 일이 일어나기도 한다. 이 모든 게 촌스러움이 근간에서 떠받들고 있는 듯했다. 촌스럽기 때문에 부끄럼 없이 눈치를 보지 않고 할 수 있던 선택들……. 시골에서 지내며 아버지와 어머니로부터 배운 정직함과 부지런함. 동네 친구들과 지내며 격 없이 지내는 순수함까지! 시골이 나를 가르치고 키워주는 스승이었다. 촌스러움은 이제 내 비장의 무기가 되었다.

내가 20대 중반 해외에서 취업 후 1년간 무급 휴가를 받았다. 다짜고짜 한국에서 택시를 타고 강남으로 갔다. 대한민국에서 가장 세련된 사람들이 모인다는 곳에 내가 과연 섞일 수 있을까 궁금했다. 그들이 사는 방식도 보고 싶었다. 커다란 빌딩 숲은 땅에 가깝게 있던 나를 짓누르는 듯했다. 한껏 치장한 그들과 나는 어딘지 모를 벽이 있어 보였다. 하지만 조금만 대화를 해 보면 그들도 나와 다르지 않다는 사실을 알게 됐다.

뿌리 깊은 촌스러움을 벗어나 세련되고 멋진 그들과 동화하려고 노력했다.

잘 정돈된 정원에 뽑지 않은 잡초 같은 존재라 하더라도 그들과 섞여 있음이 즐거웠다. 하지만 내 몸에 맞지 않은 옷을 입은 듯 어딘가 불편하고 숨쉬기 힘들었다. 나를 속이는 그 무언가가 외부가 아닌 내부에 있다는 생각이 들었다. 내면 깊은 곳, 어린 시절부터 감귤밭의 리어카를 타고 놀던 본연의 '나'를 숨기고 있다는 것을 깨달았다.

나를 인정하고 나다움을 알아차려 다시 세상을 보는 힘을 기르기로 했다. 주체적으로 살기로 했다. 살면서 깨달은 재미난 철학과 인생관을 이 책에 담아두었다.

'말은 제주로 보내고 사람은 서울로 보내라.'라는 말처럼 서울과 같은 대도시로 젊음을 뻗어 나가는 것도 중요하다. 하지만 그러기 위해서는 정화된 마인드를 가슴에 품고 순수함을 배울 수 있는 시골 생활의 경험도 필요하다. 이제는 더 내가 움직이지 않더라도 이 책이 나를 대신해 움직여 줄 것이다. 촌스러운 철학이 종이 위에 검은색 활자로 담겨, 세상 이곳저곳을 누빌 것이다. 가장 촌스러운 곳부터 가장 세련된 깊은 곳까지 퍼져나갈 것이다.

남원이라는 시골 마을에서 나고 자라서 세상을 넓혀나가는 나와 같이 여러분도 촌스러운 마음으로 이 책을 읽어 준다면 좋겠다.

촌에서의 기억

촌에 대한 기억은 지금도 아련하다. 어렸을 적, 작은 시골 마을의 초등학교에 다녔다. 그 시절 색종이를 오려서 스케치북에 붙이는 숙제를 한 적이 있었다. 엄지손가락으로 꾹꾹 누르면 자국이 남는 싸구려 장판지에 엎드려 아버지와 함께 색종이 대신 신문지를 오렸다. 딱풀 대신에 질은 밥풀을 엄지손가락으로 짓이겼다. 날짜 지난 달력 뒷면은 나의 가장 오랜 친구였다. 어린 시절, 나는 항상 친구들의 색종이와 딱풀이 부러웠다.

양면을 한 번도 사용하지 않은 색종이를 오리고 붙이는 친구들을 볼 때면 부러웠었다. 그 역할만을 위해 만들어진 사치를 즐기고 싶었다. 문방구가 집 근처에 있는 친구들이 부러웠다. 색종이가 없었던 나는 종이 달력을 사용했다. 종이 달력은 내게 종이배가 되었고 종이비행기도 되었던 만능 장난감이 되었다. 그 종이배, 그 종이비행기를 자랑스러워했다.

엄지발가락이 반쯤이나 나오는 구멍 난 양말을 신고 학교에 갔다. 양말 끄트머리를 길게 당겨서 발가락 안쪽으로 '쑥' 하니 접어놓고 나면 코찔찔하던 나의 촌스러움까지도 가려지는 듯했다.

사촌 집으로 놀러 갔다. 거기는 우리 집보다 TV 채널이 하나가 더 나왔다. 사촌 집에서 볼 수 있는 유선 티브이가 우리 집에는 왜 나오지 않느냐고 묻자 아버지는 우리 집은 전봇대가 들어오지 않아서라고 하셨다. 주변에 이웃사촌이 생기면 우리 집에도 유선방송이 나올 거라고 했다. 중학교를 졸업할 때까지 떡을 나눠 먹을 이웃사촌이 오길 기다렸다. 결국, 졸업하는 날까지 이웃사촌은 생기지 않았다.

'다닥다닥' 소리를 내는 티브이의 채널 손잡이가 자주 빠졌다. 빠진 손잡이를 잡고 돌릴 펜치는 항상 티브이 위에 있었다. 티브이 위에는 V자 모양의 안테나가 위태롭게 서 있었다. 마치 하루하루 위태롭게 유지하고 있던 내 어린 시절의 자아 같았다. 어느 날, 안테나를 이리저리 돌려보다가 우연히 교육 방송 화면이 노이즈와 함께 잡혔다. 항상 공중파 방송 3개만 나오는 집이었는데 채널 하나 더 있는 집이 됐다. 그 사실은 나에게 매우 신나는 일이었다.

나와 내 동생은 항상 풀벌레 소리와 새소리를 듣고 자랐다. 요즘은 창문만 열어 놓아도 자동차가 지나다니는 소리가 많이 난다. 그 당시 우리 집은 자동차도 가로등도 심지어 사람이 걸어 다니는 인도조차 없는 산골이었다. 이제는 누군가가 일부러 찾는다는 관광지이지만 지금은 동네 사람마저 찾지 않는 촌구석일 뿐이었다.

부모님께서는 할아버지께서 물려주셨던 감귤 보관 창고를 집으로 개조하여 사셨다. 지대보다 낮은 집터 때문에 집이 습하고 음침했다. 화장실에는 민달팽이가 기어 다녀서 볼일을 볼 때는 하얀 두루마리 화장지로 민달팽이를 떼어 버리는 일이 반복됐다. 부엌에 사는 귀뚜라미 사체를 파리채로 건져서 밖에다 버리는 일은 너무나도 일상이었다.

지금은 명물이 된 우리 동네 아파트에 친구가 초대해서 간 적이 있었다. 우리 집과는 다르게 창이 커서 창문을 열면 시원한 바람이 들어왔다. 넓은 창으로 파란 하늘이 보였다. 벌레도 없었다. 녀석의 집이 불편했다. 내 몸에 맞지 않은 옷을 입은 듯했다. 얼른 집에 가고 싶었다. 우리 집은 현관을 나서자마자 잡초들이 무성했다. 잡초들 사이로 봄이 되면 산딸기가 만연했다. 어머니는 요술공주가 그려져 있는 분홍색 플라스틱 장난감 가방을 들고 여동생과 나를 이끄셨다. 지천으로 널려 있는 산딸기를 따러 다니던 기억이 지금도 선명하다.

산딸기는 세상에서 가장 맛있는 간식이었다. 산딸기를 한참 따다 보면 콘크리트 바닥에 눌어붙은 뱀이나 죽어 있는 새를 보기도 했다. 지대가 낮은 우리 집에서 국도 쪽으로 올라가는 방향에는 오른쪽으로 작은 길이 하나 나 있었다. 그 길을 조금 내려가면 웅덩이 같은 게 있었다.

나와 동생은 있지도 않은 웅덩이에 전설을 만들어내며 사촌과 친구들에게 영웅 심리를 내뿜었다. 그 웅덩이는 이끼가 가득했다. 푸르딩딩한 이끼가 바위뿐만 아니라 그 웅덩이 근처 공기까지 가득 차 있는 듯 했다.

초등학교 방학이 되면 방학 숙제로 개구리알이나 도롱뇽알 채집을 하곤 했다. 당시 도롱뇽알이나 개구리알은 우리가 가지고 놀던 가장 좋은 장난감이었다. 개구리알을 길에서 주운 페트병에 담고 가만히 지켜보면 신비하기도 하고 사랑스럽기도 했다. 그것들이 올챙이가 되면 그 조그만 생명이 꿈틀거리는 것이 신기했다.

내가 살던 동네는 읍 단위의 조그만 마을이었다. 그 읍에서도 꽤 외곽으로 나가야 했다. 그 조그만 시골 마을에서도 서로 무슨 동에서 산다고 하면 어린 친구들은 서로 자기가 사는 동에 자부심을 내비쳤다. 그럴 때마다 나는 입만 삐죽 하고 친구 녀석들을 얄미운 눈으로 쳐다보았다. 아버지께 우리 집은 무슨 동이냐고 물었다. 아버지께서는 말씀해 주시지 않으셨다. 나중에 알게 된 것은 우리 집은 마을이 아니었기 때문에 딱히 동으로 분류한들 의미가 없었다.

초등학교를 입학하면서 친구들은 나를 촌놈이라고 불렀다. 지금 생각하면 기가 차지만 그 촌놈들 사이에서도 나는 제일 촌놈이었다. 우리 집은 바로 붙어서 감귤밭이 있었다. 부모님은 집과 밭을 오가며 항상 일하셨다.

부모님께서는 항상 밭에 계셨다. 당시에 부모님께서 밭에 일하러 가시면 나와 여동생은 둘이서 집을 지켰다. 지금은 상상할 수도 없는 고요한 시간을 보냈다. 째깍거리는 오래된 시곗바늘의 초침 소리가 천둥처럼 느껴졌었다.

하루의 일과는 별거 없었다. 아무 생각 없이 부모님이 일하러 가신 밭쪽을 바라봤다. 그리고 시간을 죽였다. 그러다 보면 하루는 참으로 길고 지루했다. 한 번은 고모가 이순신 장군의 일대기가 적힌 위인전을 선물로 주셨다. 그 책을 읽고 또 읽으며 시간을 보냈다. 책은 내 어린 시절을 지탱해주는 지팡이였다.

어느 날에는 아버지께서 누런색 진돗개를 가지고 오셨다. 어른들 말씀이 혈통 좋은 놈이라고 했다. 진돗개는 우리 집에서 잔반을 담당하는 좋은 식구이자, 현관 없는 우리 집에 방문하는 손님들이 오기 몇 분 전을 알려주던 녀석이었다.

아버지는 진돗개가 개 중에서도 용맹하고 충성스러운 종이라고 했다. 나는 진돗개가 호랑이와 싸워도 이길 수 있다고 상상의 나래를 펼치며 애정을 주었다. 진돗개 한 마리가 우리 집에 온 후에는 많이 달라졌다. 이웃사촌이 없는 적막함을 녀석은 대신해 주었다.

'앉아!'라고 하면 앉는 말이 통하는 강아지였으면 좋겠다고 생각했다. 나만 보면 자신의 엉덩이가 주체되지 않을 만큼 꼬리를 흔드는 녀석에게 '앉아!'를 가르쳤다. 아무리 '앉아'를 가르쳐도 그놈은 앉다가 눕기를 할 뿐 우리 가족과 마지막을 보내는 순간까지 내 말을 듣지 않았다.

우리 집에는 공구들이 가득했다. 아버지께서는 농사일하시면서 비닐하우스 만드는 일도 하셨다. 그 덕분에 집에는 항상 볼트와 너트가 가득했다. 집 앞에 있는 비닐하우스에서 U자형 쇳덩이와 볼트, 커트로 장난을 치곤 했다. 그러다 보니 우연히 모양이 강아지처럼 만들어진 적이 있다. 나는 동생에게 그 쇳덩이로 강아지를 만들어 주었다.

"인형 갖고 싶다고 했지? 오빠가 만든 거야. 선물로 줄게."

쇳덩이 볼트와 너트로 만들어진 강아지에게 '아메바'라는 이름을 붙여 주었다. 아무 역할도 하지 않는 쇳덩이에 영혼을 심어주었다. 녀석을 좋아했다. 그러다 보니 여동생에게 선물을 주고도 정작 내가 더 애정이 갔다.

어느 날, 여동생과 심하게 싸우고 등교했다. 일본 만화영화 그림이 딱딱하게 박혀 있는 책가방 속에서 나는 '아메바'를 꺼냈다.

"자꾸 말 안 들으면 아메바를 여기에 버릴 거야!"

동생은 눈 하나 깜짝하지 않았다. 수북한 모래로 덮여 있는 초등학교 운동장에 아메바를 '툭' 하니 던졌다. 그리고 뿔난 표정을 하고 교실로 들어갔다.

교실에 들어가고 보니, 아메바 녀석이 너무 걱정됐다. 수업 시간 내내 비어 있는 운동장만 쳐다봤다. 결국 하굣길에 찍찍이 운동화로 한참 운동장을 벅벅 긁고 아메바를 찾아 집으로 돌아갔다.

어머니는 장롱 면허셨다. 투명한 코팅지에 운전면허가 잘 코팅되어 있었다. 코팅지가 울룩불룩했던 아버지의 면허와는 다르게 빳빳했다. 우리 집은 흰색 봉고차를 타고 다녔다. 지금도 그 차의 번호가 잊히지 않는다. 봉고차는 항상 아버지께서 운전하셨다.

지금은 너무나도 변해버린 제주의 모습이지만 당시만 하더라도 오일장이 열리는 날은 꽤 큰 행사였다. 오일장 가는 날을 좋아했다. 장에 가면 흑설탕으로 만들어진 쫀득한 풀빵을 먹을 수 있었다. 붕어빵과 호떡 등 평소 먹어보지 못한 맛있는 음식들도 먹을 수 있었다.

오일장에 가는 날은 아버지께서 운전석에 앉으셨다. 어머니는 조수석에 앉아 오른손으로 머리 위에 달린 손잡이를 잡고 계셨다. 나와 동생은 시원하게 뚫린 자동차의 앞 유리를 보고 싶어 서로 머리를 들이 밀어댔다. 달리는 차의 유리 밖 풍경이 언제라도 신기했다.

내가 살던 동네에서 조금 벗어나면 상점이 있었다. 나와 동생은 아이스크림을 먹기 위해서 학교를 마치고 집의 반대 방향으로 한참 걸어 그 상점으로 들어갔다. 그곳에는 온갖 불량식품들이 널려 있었다. 당시 나의 용돈은 일주일에 1,000원, 동생의 용돈은 일주일에 500원이었다. 지금 생각하면 아주 작은 돈이지만 그 당시에는 차고 넘치는 돈이었다. 동생에게 아이스크림을 사주고 싶었다.

동생에게 축구공이 그려진 콜라 맛 쭈쭈바를 하나 쥐여 주었다. 가격은 700원. 쭈쭈바 2개를 사고 나니 열흘을 모았던 용돈이 사라졌다. 동생에게 오빠 노릇 한 번 크게 했다고 생각했다. 집 방향으로 걸어갔다. 걸어가면서 쭈쭈바를 한 입 베어 물었다. 동생도 꼭지를 따서 먹기 시작했다.

쭈쭈바 비닐에 묻어 있는 끈적끈적한 액체와 색깔을 보고 동생의 아이스크림을 빼앗았다. 유통기한을 확인했다. 아이스크림의 유통기한은 많이 지나 있었다. 동생과 나는 먹고 있던 아이스크림을 가지고 가게로 들어갔다. 안경을 낀 상점주인 아주머니는 우리를 보고 어쩐 일이냐고 물었다.

"아이스크림의 유통기한이 지났어요!"

아주머니는 우리를 멀끔히 보고 다시 아이스크림을 보더니 말했다.

"교환하려면 까기 전에 왔어야지! 이미 이만큼 먹어 놓고 오면 어떡하니!"

우리는 아주머니에게 혼이 났다. 유통기한이 지나서 먹을 수 없던 아이스크림을 동생과 나는 쓰레기통에 버렸다. 터벅터벅 걸어서 집으로 갔다. 그깟 700원이 뭐라고……. 어른들이 야속했다.

촌놈에게 촌놈이라고 불리다

코 찔찔 하던 초등학교에서 중학교로 진학했다. 중학교에는 각 마을의 촌놈들이 모여 있었다. 그중에서도 나는 제일 촌놈이었다. 읍내에서 그나마 번화가에 속해있던 녀석들은 다른 학생들을 무시했다.

중학교가 되자 멋들어진 교복을 입었다. 시시한 컬러 교과서에서 나도 형들처럼 멋있는 흑백 교과서를 가졌다. 새로운 친구들이 생겼다. 새로운 마을 녀석들도 알게 됐다. 친구들은 컴퓨터 하나씩 갖고 있었다. 나도 컴퓨터가 갖고 싶었다. 멋있게 컴퓨터 자판을 치면 왠지 공부도 잘 할 수 있을 것 같았다. 부모님께 며칠을 졸랐다. 그리고 나에게도 컴퓨터가 생겼다.

학교 근처에 있던 컴퓨터 학원에서 간단한 문서 작성법을 배웠다. 뭔가 하루라도 촌스러움을 벗어나는 착각이 들었다. 컴퓨터 자판을 두드리면 언제나 세련되어진다고 느꼈다.

중학교 3학년이 되자, 무슨 동에서 산다고 자랑하는 친구와 나는 동화되었다. 친구들은 내가 무슨 동 출신인지 궁금해 하지 않았다. 하지만, 다른 고민이 생겼다.

'고등학교를 입학하면 시내 아이들을 얼마나 세련되고 부자일까?'

그들을 대하는데 막연한 불안감이 생겼다. 그렇게 고등학교에 진학했다.

중학교 선생님들께서도 항상 말씀을 하셨다.

"제주시 아이들은……. 제주시 아이들은……."

선생님들의 말씀에 따르면 제주시 아이들은 매일 자정까지 공부한다고 했다. 학원도 많이 다녀서 우리가 생각지 못 할 만큼 똑똑하다고 했다. 이런 식으로 편하게 중학교 생활을 하다가는 제주시 아이들을 이길 수 없다고 했다.

제주시는 수재들만 모여 있는 곳일 거라고 생각했다. 막연한 불안감이 생겼다. 그곳은 나에게 두려운 공간이었다. 학교에 가면 옆에나 뒤, 앞에도 선생님들이 말씀하시던 '시내 아이들'이 앉아 있었다.

'쟤들은 전부 공부도 잘하고 머리도 좋겠지?'

그들을 바라볼 때면 항상 그들의 인생이 나 따위와 다를 거로 생각했다.

'서귀포 촌놈.'

그렇다. 그들 사이에서 나는 다시 서귀포시 촌놈이었다. 그들이 나를 보는 눈빛은 '촌놈'이었지만 나는 기분이 좋았다. '읍' 촌놈이 서귀포시 '촌놈'으로 지위 상승했기 때문이다. 최초의 두려움과는 다르게 그들은 나와 다르지 않았다. '제주시 아이들'에 대한 두려움이 없어졌다.

한 친구가 나에게 '서귀포 말투가 촌스럽다'라고 했다. 나는 그게 무슨 뜻인지 몰랐다. 어느 날, 항상 나와 같은 방향으로 집에 가던 친구 놈이 말했다.

"내가 곰곰이 생각해봤는데 말이야…… 아, 아니다."

녀석은 말을 하다 말고 말을 끊었다.

"무슨 말을 하다 말아? 무슨 말인데?"

내가 되묻자 녀석은 궁금한 게 있었는데 내가 기분 나쁠까 봐 못 하겠다고 했다. 내가 기분 나빠하지 않겠다고 약속하면 해준다고 했다.

"무슨 말인데?"

이야기의 내용은 이랬다. 자신이 생각 해 본 결과, 촌에서 온 애들은 키가 작고 머리도 나쁘고 자신감도 없는 것 같다고 했다. 그게 어렸을 때 영양 상태가 좋지 않아서 그렇게 된 것 같다고 했다.

녀석의 말이 농담일까? 눈빛은 진지해 보이기도 하고…….

나는 웃었다.

'하하하. 그럴 수도 있겠지.'

지금은 뭐든 웃을 수 있다. 인생이라는 것이 출발점보다는 도착점이 중요한 것이니까. 어쩌면 도착점도 중요하지 않을 수도 있겠다.

흘러가는 뗏목에 몸을 실으면 어디로 흘러가고 있는지는 흘러가 봐야만 알 수 있다. 할 수 있는 것이라곤 기다리는 일뿐이다. 기다려도 목적지에 도달하지 않을 수도 있다. 하지만 도착한 곳이 어디라도 목적지로 받아들일 수 있다.

모든 것은 마음먹기 나름이다.

의지가 약해지면 약해진 의지력 틈새로 시간과 상황은 빠르게 우리를 제자리로 돌려놓는다. 우리가 가진 순리란 마음속 깊이 간직하고 있는 촌스러움이다. 그렇지 않은 척해도 언젠가는 자신의 모습으로 돌아간다. 부끄러운 일이 아니다. 자신의 모습으로 산다는 것은,

군 입대를 하고 내게는 커다란 일이 생겼다. 내가 '제주도 촌놈'으로 승격한 것이다. 사람들은 나를 '제주 촌놈'이라고 불렀다. 내가 두려워했던 영양 상태가 뛰어나던 '제주시 아이들'과 동격이 되었다.

'제주 촌놈'이 되면서 나는 '제주'를 대표하는 사람이 됐다. 한번은 굉장히 재미난 기억이 있다. 듣기에 서로 비슷한 경상도 사투리를 쓰는 두 사람이 서로의 말투가 촌스럽다며 티격태격하고 있는 것이었다. 아무리 들어도 둘은 같은 말씨 같은데…….

둘은 대구와 부산에서 왔다. 서로의 말투를 가지고 장난스럽게 티격태격하는 모습을 보니 생각나는 게 있었다. 서귀포시와 제주시 말투 가지고 놀렸던 친구 놈들 생각이 났다. '어디서나 있는 일이구나' 내가 볼 때는 대구나 부산이나 큰 도시들인데 말이다.

군대의 투박함은 촌스러움을 닮았다. 그곳이 좋았다. 남자로서 화장품을 고르는 일은 심히 귀찮은 일이었다. 신경 쓰이고 복잡하지만 욕심나는 일이기도 했다. 어린 시절 스킨이나 로션을 바르지 않고 다녔다. 내 주변 친구들도 그랬다. 얼굴이 좀 땅기는 날은 밖에서 뛰어놀면 금방 괜찮아졌다. 워낙 촌에서 자란 탓인지 어린 시절을 그렇게 보내다가 군대를 입대하니 군대는 나와 닮아 있었다.

입대했더니 충격적인 장면을 발견했다. 훈련소에서는 초코파이를 간혹 지급하는데 지급된 초코파이를 먹고 그 껍데기로 설거지를 하는 광경이었다. 참으로 놀라웠다. 훈련소는 따로 설거지해주시는 분이 없다. 그 때문에 병사 스스로가 설거지해야 했다. 설거지가 끝나면 분대장에게 식판을 검사받고 집어 놓았다. 설거지하는 수돗가에는 가운데만 움푹하게 파인 하늘색 빨랫비누

만 있었다.

병사들은 자신이 먹었던 초코파이의 비닐 껍질을 건빵 주머니에 잘 넣어 두었다가 수돗가에서 빨랫비누에 대강 비벼서 식판을 닦는 것이었다. 당연히 지급품은 빨랫비누 하나였다. 차라리 이런 것이 마음이 편했다. 씻고 나서 로션 따위는 없다. 그러니 당연히 스킨도 없다. 훈련소를 마치고 자대를 배치 받았다. 자대는 신병을 훈련하는 훈련소처럼 단기간 머무는 곳이 아닌 병사들이 장기간 머물며 전역까지 거주하는 곳을 말한다. 자대에 들어갔을 때는 신세계였다. 병사들은 보디클렌저, 클렌징폼 뿐만 아니라, 스킨, 로션 또한 사용하고 있었다.

남들은 군대에 가서 고생한다고 하지만 나는 입대 후 거의 처음으로 스킨과 로션을 나누어 사용했다.

멀리 유학을 떠났다.

비행기에서 내리고 나서부터 사람들은 나에게 제주에서 왔는지 묻지 않았다. 나의 존재감은 '한국인'으로 정의되었다. 동경하던 눈빛으로 바라보던 서울 사람들과 나는 그냥 한국인일 뿐이었다.

유학하면서 가장 친하게 지냈던 친구는 싱가포르 친구였다. 그 친구는 원래 고향이 말레이시아라고 했다. 가끔 한국에서 서울 사람들보다 동남아시아 친구들과 더 큰 공감대와 유대감이 생길 때가 있었다.

촌놈 될 팔자가 정해져 있나?

'윌킨슨 초단파 비등방 탐사선(WMAP)'는 우리가 사는 우주의 배경복사와 암흑물질 연구를 하고 있다. 이 위성은 2002년부터 정밀한 우주배경복사 지도를 수차례나 작성했다.

그에 따르면, 우주의 구성은 가시 물질 4%와 암흑물질 22% 그리고 암흑 에너지 74%로 이루어져 있다. 우주의 대부분이 눈에 보이지 않는 물질과 에너지로 채워져 있음이 과학적으로 밝혀졌다.

우리가 바라는 대부분의 것들은 '돈', '집', '차' 등 '부(富)'과 관련된 일들이 많다. 우주에서 '물질'의 비중이 4%밖에 차지 않는다면 우리를 결정하는 96%는 무엇일까?

'에너지'는 눈에 보이지 않는다. 종교나 철학을 근본으로 하고 있는 '에너지'라는 단어는 추상적 관념이기 때문에 거부감이 든다.

하지만 에너지는 이미 오래전, 과학으로 풀린 형이하학적 영역이다. 에너지란 무엇일까? 에너지는 기본적인 물리량의 하나이다. 물체의 흐름과 형태, 현상을 결정짓는 물리량이다.

이는 물질에 영향을 주고 또는 받는다. 세상은 에너지와 물질로 구성된다. 에너지는 물체를 변형시키기도 하고 움직이기도 한다. 그 때문에 무언가를 얻기 위해서 우리는 물질보다 에너지에 집중해야 한다. 어떤 생각을 하고 살고 어떤 에너지를 뿜고 있는지가 그 사람을 결정한다.

사람들은 자신의 미래를 궁금해 한다. 재물 복이나 인연에 대해서도 호기심이 많다. 그런 호기심으로 매년 '사주팔자(四柱八字)'를 보러 다닌다.

'사주(四柱)'는 '4개의 기둥 혹은 줄기를 말한다. 한자에서 사주의 '주(柱)'에는 '나무(木)'와 '주인(主)'이라는 글자가 사용된다. 중심이 되는 나무 즉, 기둥을 말한다. 태어나면서 모든 것이 정해진다는 논리는 동양에서 꽤 뿌리 깊은 연구가 진행된 학문이다. 우리는 이를 '명리학'이라고 한다.

명리학은 태어난 연, 월, 일, 시 네 가지를 근거로 길흉화복(吉凶禍福)을 확인한다. 자연과 인간을 포함한 모든 것들은 음양(陰, 陽)과 오행(火, 水, 木, 金, 土)에 기초하여 있다.

명리학은 성향이 정해져 있다고 본다. 태어나며 사람마다 특성을 갖고 태어난다는 것을 근본으로 한다. 어떠한 일에 잘 맞고 어떠한 일에 잘 맞지 않는지, 어떤 사람과 잘 맞고 어떠한 사람에 잘 맞지 않는지를 가늠하는 학문이다.

명리학대로 하자면 모든 생명과 자연은 계절과 시간, 시기에 따라 그 특성을 달리하여 태어난다. 수박은 여름에 나오는 과일이고 사과는 겨울에 나오는 과일이다. 알맞은 시기의 제철 과일은 그 시기에 제공되는 충분한 기운을 받고 자란다. 그로 인해 영양학적으로 가장 좋고 최적의 조건(온도와 습도)에 자란다. 억지로 익히려는 노력이 불필요하다. 쉽고 자연스럽게 성장한다. 우리 사람도 자연과 다르지 않다. 어떤 사람이 어떤 조건에서 기회를 만나게 되는지, 이치와 순리가 있다고 믿는다.

촌스럽다는 말을 자주 듣고 자랐다. 그것이 내가 처한 상황이고 미래라고 했다. 다만 벗어나기 위해 부단하게 노력했다. 정해진 미래가 있다는 명리학과 같이 나의 미래 또한 시골청년으로 정해져 있다는 사실이 불쾌했다. 명리학을 다시 살펴봤다. 명리학이 말하고자 하는 것은 운명이 정해져있다는 것이 아니다. 사람의 성향이 정해져 있다고 말하고 있을 뿐이다.

나무의 속성이 있는 사람이 물의 속성이 있는 직업을 만나면 성장하고, 물의 속성이 있는 사람이 쇠의 속성이 있는 사람을 만나면 갈등이 생긴다. 이처럼 단순히 미래가 정해져 있다는 운명론적인 학문이 아니라 그 근간을 두고 미래를 추론해 볼 수 있는 학문이다.

음과 양은 반대의 개념이 아니다. 상대의 개념이다. 서로 다르지만 연결되어 있고 한쪽만 떼어낼 수도 없다. 멈춤이 있다면 성장이 있고 죽음이 있으면 생명이 있고 미움이 있으면 사랑이 있고 수축이 있으면 팽창이 있다. 모든 것에는 음과 양이 공존하고 따로 떼어내어 분리할 수 없다.

음과 양은 분리할 수 없고 섞이지도 않으며 늘 움직이고 변화하는 특성이 있다. 대자연이 변하는 것처럼 보이는 이유는 그 위치가 바뀌고 있을 뿐이다. 본질은 바뀌지 않는다. 시간의 흐름에 따라 형상만 바뀌고 본성은 바뀌지 않는다.

물은 냉동실에 들어가면 얼음이 되고 냉장고에 들어가면 물이 된다. 가스레인지 위에서는 증기가 된다. 둥근 컵에 담으면 둥근 모양이 되고 네모난 컵에 담으면 네모난 모양이 된다. 하지만 본질은 H_2O로 변하지 않는다.

본질은 결코 변하지 않는다. 어느 그릇에 담더라도 나는 나로 존재할 뿐이다. 어떤 환경에 처한다고 해도 나의 본질은 달라지지 않는다. 냉동실에 있으나 냉장고에 있으나, 둥근 컵에 있으나 네모난 컵에 있으나 물은 물이다. 나 또한 그렇다. 슬픔에 차있거나 기쁨에 차있거나 때로는 곤란한 상황에 처한다고 해도, 누군가가 나를 욕하거나 미워한다고 해도 나의 본질은 달라지지 않는다.

자석 한쪽 끝을 떼어도 N과 S의 두 극이 나눠진다. 다시 한쪽 끝을 떼어내도 N극과 S극이 나눠진다. 이처럼 음과 양은 결코 분리될 수 없는 원리를 갖고 있다. 사람은 성향에 따라 음과 양의 성향으로 존재한다. 또한 오행으로 존재한다. 오행이란 앞서 말한 대로 나무, 물, 흙, 쇠, 불을 말한다. 나무는 성장, 물은 흐르는 특성, 흙은 포용, 쇠는 단절, 불은 확장이라는 특성이 있다. 오행은 상호 간에 상극되기도 하고 보완하기도 한다. 그 때문에 궁합이라는 것이 존재하며 나무는 물을 만나면 성장하고 불과 불이 만나면 화가 돋아난다. 자연과 사람, 상황에 따라 각자의 특성의 조합과 균형이 존재한다. 자신의 특성에 맞는 날, 사람, 직업이 있고 상황이 존재한다. 단순히 년, 월, 일, 시에 따라 숫자 놀음이나 하며 그 사람의 미래를 때려 맞추는 역술로 규정하기에는 포용하고 있는 철학이 더없이 크다.

내가 누구인지 아는 것은 중요하다. 나는 어떤 성향이 있는 사람인지 안다면 누구와 잘 맞고 어떤 직업에 잘 맞는지 파악할 수 있다. 단순히 농촌에서 태어났기 때문에 그 운명을 받아들여야 한다는 가혹한 편견은 단순한 인간의 머릿속에서만 존재한다. 현재 대한민국의 경제를 움직이는 대부분의 재벌 총수들의 난 곳은 모두 촌이었다. '어디서 태어났는가.' 보다 중요한 것은 '어떤 사람으로 태어났는가.' 다. 그리고 어떤 상황과 사람 그리고 어떤 날을 만나게 되는지다.

원하는 것을 손쉽게 얻는 법

살다 보면 욕심 부릴 때가 있다. 예전에 이런 말을 들은 적이 있다. 많이 가지려는 것 혹은 잘하려는 것은 욕심이 아니다. 욕심은 상충하는 다른 것을 갖는 것이다. 혹은 전체에서 필요한 부분만 떼어내어 갖는 것을 말한다.

돈을 많이 버는 것은 욕심이 아니다. 하지만 돈도 많이 벌고 싶고 일은 덜 하고 싶은 마음은 욕심이다. 성적이 잘 나오길 바라는 것은 욕심이 아니다. 하지만 성적도 잘 나오고 공부는 안 하고 싶은 마음은 욕심이다.

자석을 주면 받되 'N극만 주세요.'라고 하는 욕심과도 같다. 누군가에게 우리가 가장 많이 하는 말이 있다.

'너는 술 먹는 것만 빼면 다 좋은데~'

'너는 뚱뚱한 것만 빼면 다 좋은데~'

'너는 공부만 잘하면 다 좋은데~'

그 사람을 온전하게 얻기 위해서 그 부분을 뺄 수 없다. 자석의 N극과 S극처럼 명리학의 음과 양처럼 공존하는 모든 것을 취하거나 잃어야 한다. 한쪽만 취하고자 하는 것은 분명한 욕심이다.

가끔 내가 원하는 것이 자석처럼 찰싹하고 나에게 다가와 붙을 것 같은 마케팅을 접한다. 이런 마케팅은 언제나 성공이다.

'생각만 해라. 이루어진다.'

'글만 써라. 이루어진다.'

'이 부적 하나만 있으면 이루어진다.'

'한 권으로 끝내는 일본어"

'이것만 알면 영어 완전 정복'

'누구나 쉽게 따라 하는 주식 상한가 따라잡기'

'이것만 알면 누구나 건물주가 될 수 있다.' 등등

모든 것은 적게 노력하고 많이 얻어 가려는 욕심에서 비롯한다. 이런 욕심은 화를 동반한다. 누구보다 쉽고 빠르게 이루고자 하는 욕심은 게으름의 산물이다. 가만히 앉아서 자석으로 100m 앞에 철사를 움직이려는 것과 같다. 하지만 그 철사를 갖고 싶다면 방구석에서 자석을 이리저리 조절할 것이 아니라, '터벅터벅' 두 발로 걸어가 손으로 '턱' 잡고 돌아와야 한다.

우리 주변에는 쉽게 행복이나 행운이라고 부를 만한 일들이 산재해 있다. 그런 기회나 행복, 행운은 어느 날 갑자기 나에게 온 것으로 보이지만 그렇지 않다. 사랑하는 사람이 죽었을 때나 운영하던 회사가 망했을 때, 커다란 질병을 얻었을 때조차 우리는 행운, 행복과 기회를 항상 주변에 끼고 산다.

다만, 우리 시선이 부정적인 것들에 사로잡혀 있기 때문에 발견하지 못했을 뿐이다. 베스트셀러인 '시크릿'이나 '해빙'은 '긍정적인 감정'에 집중하라고 한다. 부정적인 상황에도 우리 곁을 지키고 있는 긍정적인 것들에 집중하는 연습해야 한다. 항상 행복과 행운이 따르고 기회가 넘치는 삶을 살고 있다는 사실을 자각해야 한다.

'부(富)'라고 하는 것은 일종에 제로섬 게임이다. 누군가가 얻기 위해서 누군가는 내어놓아야 한다. 그런 단순한 논리에 '누구라도 얻어 갈 수 있다.'라고 말하는 것은 망상이다. 하지만 행복과 긍정의 한도는 무한대이다. 감사와 긍정이라는 두 가지 고전적인 키워드를 믿는다.

공구를 만지다보면 나사를 조이는 드라이버에 자석 기능이 추가되어 있다는 것을 알게 된다. 그 때문에 대충 가까이 대어 놓아도 나사가 드라이버에 붙어 있게 된다. 하지만 그 자력을 이용하여 10리 밖에 나사를 끌어올 수는 없다. 좋은 감정을 가지고 긍정적인 변화가 이끌어오게 하려면 망상과 게으름을 탈피하고 당당히 밖으로 나가 세상에 있는 기회를 온몸으로 휘저으며 다녀야 할 것이다. 그래야 자석의 효과를 조금이라도 얻을 수 있다.

살이 빠지는 방법은 적게 먹고 많이 움직이는 것이고 공부를 잘하는 방법은 오래 앉아서 많이 보는 방법뿐이다. 어떤 약도 어떤 컴퓨터 프로그램도 단시간에 빨리 성적을 올려주지 않고 살을 빼주지 않는다. 꿈을 꾸면 이루어진다는 허무맹랑함은 몽매한 이들을 현혹한다.

나 또한 인생에 마법이 존재할 거라는 망상을 갖고 살았던 적이 있다. 뜨거운 밥그릇이 밥 상 위에서 미끄러지듯 움직이면 나에게 초능력이 있나 의심하게 된다. 초등학교 교장 선생님의 훈화를 들을 때면 마른하늘에 날벼락이 떨어져 옆 친구와 영혼이 바뀌는 상상도 했었다. 그런 비현실적인 망상을 하고 나면 현실에서 기대하는 것도 많아진다.

세상에 내가 알지 못하는 어떤 힘이 존재할 거라는 망상이 있었다. 물론 지금도 그런 생각은 변함이 없다. 내가 알지 못할 뿐 우리를 이끄는 어떤 강력한 힘은 반드시 존재할 것이다. 하지만 초기의 이런 망상은 우리가 모르는 어떤 힘으로 운명이나 미래가 결정된다는 생각으로 번졌다. 그 정확한 타이밍에 나는 '시크릿'이라는 책을 발견했다.

상상만 해도 모두 이루어지는 마법이라니 손쉽게 무언가를 얻고 싶은 사람들에게 달콤한 유혹이 아닐 수 없었다. 상당한 설득력으로 '시크릿'은 내 인생의 중요한 철학이 되어갔다. 나에게 안 좋은 이야기를 하는 사람들을 배척하기 시작했다.

'사람의 생각에는 힘이 있어서 상상하면 이루어진다.'

그 외로 내가 이루고 싶은 것을 손쉽게 이루는 방법을 찾아다녔다. 시간이 지나면서 그것이 곧 내가 어렸을 적 했던 망상과도 같은 것임을 알게 되었다. 내가 어른이 되면서 느낀 것을 한마디로 정의할 수 있다.

"마법은 없다."

그저 아무것도 없는 마른 흙에서 새싹이 돋아 나오고 열매가 열리는 것을 옛날 선조들은 '기적'이라고 불렀다. 하지만 그것은 마법이나 기적이 아니다. 그저 모르고 있던 현상들의 열거였을 뿐이다.

내가 20살에 썼던 대부분의 글이 현실로 이루어졌다. 그것은 나의 다음 망상의 근거로 작용했다. 지금도 글을 쓰거나 상상을 하면 이루어진다는 말을 믿는다. 하지만 상상을 하고 글을 쓴다고 모든 일이 이루어지는 것은 아니라고 믿는다. 다만 이루어질 확률이 조금 더 높아질 뿐이다.

1968년 하버드 대학교 사회심리학과 교수인 로버트 로젠탈(Robert Rosenthal)과 미국에서 20년 이상 초등학교 교장을 지난 레노어 제이컵슨(Lenore Jacobson)은 미국 샌프란시스코의 한 초등학교에서 전교생을 대상으로 지능 검사를 했다. 그리고 결과와 상관없이 무작위로 한 반에서 20% 정도의 학생을 뽑았다. 그 학생의 명단을 교사에게 주면서 '지적 능력이나 학업 성취도의 향상 가능성이 높은 학생들'이라고 믿게 했다. 그 후로 8개월이 흐르고 같은 지능 검사를 진행했다. 결과는 명단에 속한 학생들은 다른 학생들보다 평균점수가 더 높게 나왔다는 것이다. 또한 학교 성적도 크게 향상됐다. 명단에 오른 학생들에 대한 교사의 기대와 격려로 학생의 성적이 향상된 것이다. 이것을 교육심리학에서 '피그말리온 효과'라고 부른다.

어떤 약 속에 특정 유효 성분이 들어 있는 것처럼 위장하여 환자에게 투여하면 그 약이 유익한 작용을 하여 증상 호전 효과 또한 있다. 실제로 값이 싼 약보다 비싼 약이 성분과 무관하게 효과가 좋으며 그것을 모르고 먹을 경우는 그 효과가 반대로 일어난다고 한다. 우리는 이를 또한 '플라시보(Placebo) 효과'라고 부른다.

이런 실험의 과정을 모를 때는 이런 현상을 쉽게 '기적'이라고 치부해 버린다. 무지 속에서 기적은 꽤 많다. 기우제만 지내면 비가 내린다는 인디언의 이야기처럼.

위성을 통해 지구를 들여다보면서 더이상 기후는 '기적'으로 불리지 않는다. 우리는 조금씩 기적이 줄어드는 세상을 살고 있다. 인간의 지능과 지혜가 높아지면서 스스로 기적을 줄여가고 있다. 어쩌면 무지하게 살아가면서 기적을 믿고 있는 것이 더 행복할 수도 있다.

더운 날 간절하게 바라서 비가 온다면 세상의 무엇이 나를 돕고 있다는 평온함이 생길 것이다. 위성의 구름 사진이 어떻고 저기압, 고기압이 어떻고를 떠난다면, 조금 더 순수하게 세상을 바라볼 수 있다. 몰라서 기적을 볼 수 있지만, 알면서도 기적을 바랄 수도 있다. 보이지만 눈을 감을 수 있다. 그것은 내가 스스로 정할 수 있는 일이다. 아직도 믿고 있는 몇 가지 미신이 있다. 굳이 몇 가지 과학적 물음으로 그 미신들을 파헤쳐 낼 수 있을지도 모른다. 하지만 나는 일부러 무지한 쪽을 택하겠다. 촌스럽다는 것은 그런 것이다. 순수함으로 돌아가는 것.

세상의 모든 결과에는 원인이라는 것이 존재한다. 어떤 사건이나 일이 발생한 것에는 상당히 복잡한 원인이 상충되어있다. 원인을 하나하나를 분석해 보자면 결과 값을 알지도 모른다. 하지만 그런 복잡함에서 벗어나 버릴 말이 있다.

그것은 바로 '하늘의 뜻'이다.

너무 더운 날, 비가 내린 이유, 혹은 간절하게 바랐더니 길거리에서 돈을 줍는 것들……. 이러한 질문들에도 분명한 인과관계가 있다. 하지만 그러한 인과관계를 하나하나 따지기에 너무 복잡한 변수가 존재한다. 따질 것이 아니라 단순하게 믿어버리면 된다.

정신승리라는 말을 좋아한다. 우리는 과거를 기억하며 미래로 나아간다. 과거는 흘러간 화면을 바라보며 '좋았다'와 '나빴다'로 나누는 것이다. 과거와 미래는 우리가 관여할 수 없는 영역이다. 우리가 관여할 수 있는 건 오직 현재뿐이다. 원인과 결과를 끼워 맞추며 과거를 미화시키는 일은 현재가 할 수 있는 능력 범위 내에 있다.

'이러려고 그랬나 보다.'

'더 좋은 일이 있으려고 그랬나 보다.'

마음가짐도 연습이 필요해

군대에서 천리 행군을 하다 보면 초반에는 옆 동기나 후배, 선임들과 잡담을 하고 떠들기도 한다. 장난도 치고 놀기도 한다. 그러다 어느 순간이 지나면 걷는 군인들은 하나둘씩 말이 없어지기 시작한다. 사람에게 쏠려 있던 시선은 경치나 풍경으로 옮겨간다. 처음에는 보이지 않던 산과 들도 보이고 스쳐 지나가는 오래된 집이나 녹슨 자전거들도 보인다. 그 수준을 넘어가고 수 시간을 더 걸으면 경치도 보이지 않는다. 알고 있던 노래를 흥얼거려본다. 다시 몇 시간이 지나면 노래는 떠오르지 않는다. 살아온 인생과 미워했던 사람, 좋아했던 사람, 후회스러운 말들. 온갖 잡념이 떠오른다.

시선이 밖에서 안으로 접어 들어온다. 온몸이 만신창이가 되고 손과 팔이 나의 의지와는 상관없이 움직이고 있는 마지막 순간에는 몸과 마음이 분리된다. 마음은 무념무상의 상태가 되고 손과 발은 걷는 데 자동으로 걷게 된다.

현실에서의 고통은 다른 사람이나 환경이 아니라 생각이 만들어낸 환상일 뿐이다. 이를 '일체유심조(一切唯心造)'라는 불교 용어로 설명이 가능하다. 모든 것은 마음에 따라 달려 있다.

신라 시대, 의상과 함께 당으로 가던 중 남양 어디선가 잠을 청하던 원효대사는 목이 너무 말라서 잠에서 깨어났다. 우리가 잘 아는 것처럼 그는 맑은 물이 담긴 바가지를 발견하고 벌컥 벌컥 그 물을 마셨다. 정말 개운하고 달던 그 물이 해골 물이라는 사실은 그의 유학길을 멈추게 하고 인생을 통째로 바꾸었다. '진리는 결코 밖에서 찾을 것이 아니라 자기 자신에게 찾아야 한다.'는 깨달음을 터득하고 의상과 헤어져 다시 신라로 돌아갔다.

한번은 해외에서 제주로 가는 비행기를 타려고 했던 적이 있다. 눈 때문에 비행기가 지연된다고 했다. 몹시 짜증이 나는 상황이라 불만이 생기기 시작했다. 바보같은 비행기라고 한참을 욕했다. 얼마지 지나지 않아 늦게 비행기가 출발했다. 무사히 제주에 도착했다. 나중에 뉴스를 보니 그날은 대부분 결항이 되어 내가 탄 비행기는 마지막 비행기였다. 결국 그 비행기는 행운의 비행기가 되었다. 비행기는 아무것도 달라지지 않았다. 다만, 내 생각만 달라진 것이다.

모든 것은 생각하기 나름이다. 생각은 몸과 마음에서 나온다. 몸과 마음의 균형이 깨지면 모든 것이 망가진다. 건강한 신체는 건강한 정신을 만들고 건강한 정신은 건강한 신체를 만든다. 스티브 잡스는 불교를 공부하기 위해 젊은 시절 인도로 유학을 떠났다. 그곳에서 명상과 수행을 공부하던 잡스는 아이러니하게도 세계에서 가장 큰 시가총액을 자랑하는 회사의 대표가 되었다. 바쁜 현대인일수록 '쉼'을 배워야 한다. 누구도, 학교에서도 쉬는 법을 알려주지 않는다. 우리 스스로가 터득해 내야 한다. 모든 욕심과 자신을 몰아세우는 일들도 스스로 한계를 깨우쳐서 조절해야 한다. 주량을 파악해야 기분 좋게 술자리를 하는 것처럼 자신이 감내할 수 있는 욕심과 스트레스의 정도를 파악해야 한다.

내 마음속에서 일어나는 감정은 내가 아니면 누구도 신경쓰지 않는다. 누구도 확인하려 들지 않는다. 나조차 확인하지 않는 다면 그 감정들은 내 속 어딘가에서 곪아 썩어간다. 썩은 감정은 주위에 다른 감정을 오염시킨다. 나는 그렇게 스스로 부패한다. 보살펴야 한다. 혼란과 혼돈을 방치해선 안 된다. 사람의 마음은 그릇과도 같다. 부정적인 생각과 미움을 마음에 담아두면 긍정적인 생각과 사랑을 담아둘 공간이 부족하게 된다. 모든 것을 비워야 새로 채워낼 수 있다. 그것을 명상이 이끌어준다.

하버드대학교 심리학과 교수인 대니얼 웨그너의 흰곰 효과는 실제 살면서 우리가 자주 겪는 효과이다. 흰곰을 떠올려야 된다는 강박보다 흰곰을 생각해서는 안 된다는 강박감이 더 큰 심리적 압박을 준다. 떠오르는 부정적인 감정과 생각을 굳이 외면할 필요는 없다. 떠오르면 떠오르는 대로 두고 인정하자. 좋은 점을 찾아보자. 인정할 때 우리는 그것들을 조금 더 편안하게 맞이할 수 있다.

실패를 했을 때 좌절하고 포기를 하는 경우가 많다. 진행하던 것들을 그만둔다. 하지만 실패가 곧 끝이라는 공식은 성립하지 않는다. 끝은 실패가 주는 부산물이 아니다. 실패 후의 계획이 없기 때문에 그만둘 뿐이다. 실패에 초점을 맞춘다는 것은 흰곰을 떠올리지 않으려 애쓰는 것과 같다. 떠오르지 않으려 애쓸 때가 더 강한 자극을 받는다. 다이어트를 계획하거나 시험공부를 계획할 때 그 누구도 안 될 경우를 계획하는 사람은 없다. 하지만 그런 방심은 실패 직후 바로 멈추겠다는 의지나 다름없다. 실패도 성공의 여러 과정 중 하나일 뿐이다. 당연히 실패라는 과정에 대한 대비책이 있어야 한다.

우리의 뇌는 단어를 기억할 때 '부정어'와 '긍정어'를 구분하지 못한다. 때문에 '실수하지 말아야지' 한다면 '실수'라는 단어를 각인한다. '우울할 필요 없어'라고 말하면 '우울'이라는 단어를 각인한다. 누군가와 말할 때는 긍정적인 단어를 반복해야 한다.

잠재의식은 365일 24시간 작동되는 매우 무서운 특징을 가지고 있다. 자신이 했던 말과 생각을 실현 하려고 노력하고 옳고 그름을 따지지 않는다. 우리가 자는 순간까지 잠재의식은 우리를 한 방향으로 끌어낸다. 그 방향은 연습과 마음가짐으로 조정 가능하다. 무의식은 인칭을 구별하지 않는다. 현실과 이미지를 구별하지 않는다. 반복되는 일을 중요하게 생각할 뿐이다.

부정적인 사람도 긍정적인 사람들에 둘러싸여 있으면 긍정적인 사람으로 바뀐다. 함께하는 사람들에게 영향력을 행사하는 우리는 결코 작지 않은 영향력을 가졌다. 우리는 다른 사람들의 삶에 지대한 영향을 끼친다. 아이, 부모, 배우자 등 가까운 사람일수록 강하다.

나로 인해 주변이 긍정적이게 되면 그 주변은 다시 나의 주변에서 나를 긍정적인 사람으로 이끌어준다. 이렇게 서로 좋은 영향을 미쳐가며 상생해간다. 때문에 마음가짐을 항상 가다듬고 연습하자.

긍정이 촌스럽다면 촌스럽게 살자

겨울과 봄은 붙어 있다. 하지만 멀다. 멀고도 가깝다.

봄에서 겨울로 가는 길은 수개월이 걸린다. 겨울에서 봄은 단 하루만이 걸린다. 봄을 맞은 우리는 겨울을 생각하지 않고 겨울을 맞은 우리는 봄을 준비하지 않는다. 세상은 겨울을 맞이할 시간을 넉넉하게 주고 봄은 갑작스럽게 준다. 시련에 대비할 시간을 충분히 주고 기쁨은 갑작스럽게 선물한다. 이는 세상이 우리에게 주는 배려이다.

나 또한 그랬다. 봄에는 겨울을 생각하지 않았다. 따사로운 햇살이 영원할 거라고 착각했다. 열정적인 여름과 시들어가는 가을을 맞이했다. 그리고 게으르게도 다시 겨울을 맞이했다. 추운 겨울이 오면 겨울이 영원할 거라고 절망에 빠져 살다 갑작스럽게 봄을 맞이했다.

세상은 일정한 사이클로 돌아간다. 그건 우주의 법칙이다. 봄, 여름, 가을, 겨울이 일정하게 돌아가고 흥망도 번갈아 겪는다. 모든 것은 파동을 만들며 움직인다. 장기적인 방향이 어디인지는 모른다. 힘들다고 좌절할 필요는 없다. 지금 힘들다는 것은 봄이 더 가까워 오고 있다는 말이다. 옛말에 이런 말이 있다.

'밤이 깊어갈수록 새벽은 다가온다.'

한창 차오르는 숨이 언덕을 넘어서야 시원한 정상을 맞이한다. 성큼성큼 가볍게 내려올 수 있는 내리막길이 기다린다. 밤이 깊으면 깊은 김에 잠을 청하자. 넘어진 김에 쉬어가자.

함께 시간을 보내기 꺼려지는 사람들의 행동이 있다. 그것은 바로 부정적인 사람과 그들의 행동이다. 세상을 살다 보면 부정적일 수밖에 없는 일들이 일어난다. 하지만 모든 일을 부정적으로 보는 사람은 달갑지 않다.

당신의 영향력에 대해 말해주고 싶다. 당신의 영향력은 결코 가볍지 않다. 예전에 인터넷 미니홈피라는 공간이 있었다. 자기 생각을 적고 사람들과 공유하는 문화였다. 우연히 누군가의 미니홈피를 보게 됐다. 그날은 그가 10,000원짜리를 지폐를 잃어버린 날이었다. 내용은 이러했다.

"길을 걷다가 만 원을 잃어버렸다. 나의 만 원이 누군가에게는 더없는 행운이 되기를."

짧은 글이었다. 요즘에는 이런 걸 정신 승리라고 한다. 안 좋은 사실을 억지로 좋은 쪽으로 생각하며 방어하는 행위.

이 말을 참 좋아한다. 외부적으로 정신승리자는 패배자이다. 패배에 마땅한 이유를 찾지 못해 핑계를 대는 것 같다. 하지만 세상에 객관적이라는 것은 없다. 모든 것은 비교 대상이 있다. 돌멩이는 쇠보다는 싸구려다. 쇠는 은보다 싸구려다. 은은 금보다 싸구려다. 그럼 은은 싸구려인가. 알 수 없다. 어떤 것과 비교하느냐에 따라 가치가 정해진다. 거름이 필요한 농부에게는 금보다 똥이 가치 있다. 금으로는 농작물을 키울 수 없다. 무엇과 비교하느냐. 어떤 부분을 비교하느냐에 따라 가치는 좋아지기도 하고 나빠지기도 한다. 온 세상 만물은 다만 우리의 평가를 기다리고 있다.

예전에 호주에 큰 태풍이 불어 마을에 큰 피해를 준 적 있다. 방송사가 사람들을 인터뷰하며 피해 상황을 묻고 다녔다. 그중 한 백인 남성의 인터뷰가 인상적이다. 그는 웃으며 말했다.

"잠을 자다가 빗방울이 떨어져서 보니까 지붕이 날아갔더라고요."

그는 '헛헛' 하고 웃었다. 재미있는 경험이라고 했다. 사람이 다치지 않은 게 어디냐며 아이들과 별을 보며 자야겠다고 말했다. 모든 것은 마음먹기에 달려 있다. 안 좋은 일도 때로는 상황에 따라 좋은 일이 된다.

언제 한번 내게 중요한 약속이 있었다. 부랴부랴 정해진 약속 장소로 이동했다. 그날따라 차가 막혔다. 이렇게 가다가는 약속 시각에 15분 정도 늦겠다는 생각이 들었다. 상대방에게 미안한 마음이 들었다. 그때 상대가 전화를 걸어왔다. 내용인즉 상대 또한 차가 막혀서 30분가량 늦을 것 같다는 것이다. 나는 미뤄진 약속장소에 상대보다 10분 일찍 도착해서 상대의 실수를 너그럽게 이해해 주었다.

앞서말한 누군가의 잃어버린 돈처럼 우리의 상황은 상호 연관관계다. 내가 잃어버린 돈은 누군가의 행운이다. 내가 낸 짜증은 누군가의 불행이다. 오직 신만이 운명을 관장한다고 생각해서는 안 된다. 그것은 자신을 과소평가하는 것이다. 짧은 인사만으로 상대의 하루 기분을 좌지우지 할 수 있다. 우리의 영향력은 그렇다. 당신의 영향력도 그렇다. 아무 생각 없이 내쉰 한숨에도 누군가의 기분이 달라진다. 한숨과 행동조차 그만큼 책임이 필요하다.

사람의 감정이란 건 쉽게 옮긴다. 부정적인 감정은 더 빨리 옮긴다. 한 번 오염된 생각은 정화하기 쉽지 않다. 오염된 물 1L을 정화하기 위해 수 백 톤의 맑은 물이 필요한 것과도 같다.

긍정은 '좋게 생각하다.'가 아니다. '그저 그렇다고 인정하는 일이다. 반대로 부정은 '나쁘게 생각하다'가 아니라 '올바르지 않다.'이다.

어떤 상황을 바라볼 때 우리는 한쪽 시선에 치우쳐 세상을 바라본다. 나쁜 상황은 나쁜 면만 치우쳐 보고, 좋은 상황은 좋은 점만 치우쳐 본다. 그 두 가지 모두가 부정이다. 좋은 상황에서도 나쁜 점과 좋은 점을 볼 수 있어야 하고, 나쁜 상황에서도 좋은 점과 나쁜 점을 볼 수 있어야 한다.

비가 오는 것은 좋을 수도 있지만 나쁠 수도 있다. 지독한 가뭄에 저수지가 말라버렸다면 비 오는 것은 좋은 일이다. 소풍 가기로 약속한 날은 비가 온다면 그것은 나쁜 일이 된다. 그렇다면 '비가 온다.'라는 사실은 좋은 일일까? 나쁜 일일까? 정답은 좋은 일일 수도 있고, 나쁜 일일 수도 있다. 그저 비가 올 뿐이다.

우리는 상당히 많은 시간을 살아가고 많은 사람과 어울린다. 그러다보니 여러 사람이 만들어낸 공통의 고정관념이 존재한다. 가뭄을 지독하게 겪은 사람은 비가 온다는 사실이 좋은 일이다. 하지만 홍수를 겪은 사람에게로 시선을 이동하면 비가 온다는 것은 악몽이다.

사망, 이혼, 질병, 실패 등 많은 나쁜 일은 우리 주변 사람들에 의하여 안 좋은 현상으로 분류가 된다. 많은 이들이 주변인이 평가하는 부정적인 세상 속에 고통 받고 있다. 상황만 본다면 그것은 나쁜 일도 좋은 일도 아니다. 그저 일어나고 있는 일이다. 그것을 '좋다', '나쁘다.'고 평가하는 일에 에너지를 쓰는 것보다는 벌어진 상황의 진짜 모습을 깨닫고 그대로 받아들이는 것이 중요하다.

행복한 인생을 살고 싶다면, 일단 오늘 하루부터 행복하자

아주 오래된 친구 녀석이 하나 있다. 그는 오랫동안 자신이 가진 꿈에 대해 말하곤 했다. 어디서나 흔하게 볼 수 있는 동기부여 강사의 '꿈 소유' 강의처럼 그의 인생론은 '꿈을 위해 노력하자'였다. 다소 무리다 싶은 꿈을 과도하게 집착하며 하루하루 희생했다. 수년을 그렇게 노력하다 그의 꿈이 물거품이 되어버린 어느 날이었다. 다시 도전할 수 없는 꿈에 대해 그는 새로운 꿈이 있다며 '꿈 소유'를 새로 시작했다. 그의 눈에는 열정이 비추어졌으나 주변 친구들은 걱정했다.

그의 두 번째 꿈 또한 물거품이 되었다. 어느 날 그 친구와 깊은 대화를 나누었다. 간절히 바라는 것이 꿈과 가까워지는 것으로 생각한다고 했다. 꿈을 이루기 위해 부단히 노력하고 열심히 살았다고 했다. 하지만 꿈을 이루지 못해 너무 괴롭다고 했다. 비슷한 경험이 있다. 나 또한 꿈을 위해 오늘 하루를 희생하는 삶을 살았었다. 그것이 곧 좋은 삶이고 좋은 인생이라고 생각했다.

미래의 꿈을 위해 하루하루를 고통 속으로 밀어 넣었던 그때의 나와 지금의 친구를 보며 떠오른 이야기가 있다.

네 잎 클로버의 꽃말은 '행운'이다. 세 잎 클로버의 꽃말은 '행복'이다. 우리는 네 잎 클로버를 찾기 위해 수많은 세 잎 클로버를 밟고 있는 것이다. 성공할 미래의 나를 위해 지금의 나를 고통 속으로 던져 넣는 일이 과연 옳은 일일까 생각한다.

10년 뒤의 멋진 나를 위해 어제의 나와 오늘의 나를 비롯한 앞으로 10년 동안의 나를 불행과 고통 속에 집어넣는다. 그 결과물인 10년 후의 나는 무엇을 겪고 무엇을 학습했는가. 행복한 삶도 학습이다. 행복은 밖에서 오는 것이 아니다. 지극히 가난한 삶 속에서도 행복을 찾을 수 있고 전쟁이나 재난 속에서도 행복한 사람들이 있다. 비싼 자동차와 넓은 집, 좋은 옷 등에서 행복이 나온다면 가난한 사람들의 행복은 어떻게 해서도 설명할 수가 없다.

주머니 속에 행복이라는 보석을 담아두고 100리 밖을 돌아다니며 찾는 꼴이다. 녹초가 된 다음에서야 주머니 속에 행복이 들어 있었다는 것을 확인한다면 얼마나 허탈할까?

10년을 불행과 고통 속에 밀어 넣으면서 우리는 고통과 불행을 학습한다. 꿈을 이룬 가상 속의 나와 비교하며 열등의식도 키워간다. 그 모든 것은 학습된다. 10년을 학습한다면 불행하게 삶을 보는 방법을 채득한다.

성공한 삶은 무엇일까? 지금 성공한 삶을 위해서 어떤 고통과 불행으로 들어가고 있다면 지금의 친구와 예전의 나처럼 이야기해 주고 싶다. 성공한 삶이 그 자리에서 보이지 않는 이유는 아직 멀리 있기 때문이 아니라 내 오른쪽 주머니 속에 있기 때문이다.

일단, 오늘 하루부터 행복해지자.

일단, 오늘 하루부터 성공하자.

시련아! 더 몰아쳐 보거라

나는 예감하는 능력이 없다. 현재에는 없는데 미래에 있을 법한 일을 미리 느끼는 것을 예감이라고 한다. 군대에 있을 적, 꽤 많은 서적을 읽었다. 그때 읽었던 책 중에 가장 나에게 영향을 끼쳤던 책은 바로 '시크릿'이었다. '끌어당김의 법칙' 뭔가 솔깃했다.

어렸을 적, 나는 이상하게도 그와 반대되는 일들을 많이 겪었다. 예를 들면 내가 안 좋은 일을 예상하면 좋은 일이 일어나고 좋은 일을 예상하면 안 좋은 일들이 일어났다. 그런 믿음은 나쁜 습관으로 이어졌다. 좋은 일들을 만들기 위해서 일부러 나쁜 생각하게 했다.

내가 가장 좋아하는 MC인 신동엽이 이런 이야기를 했다.

"저는 한국 국가대표 축구 경기가 있을 때면, 내기에서 항상 상대 국가가 이기는 쪽으로 내기를 걸어요. 사람들은 그걸 보고 애국심이 없다고 하지만 그렇지 않아요. 한국이 이기면 돈은 잃지만 기쁘고, 한국이 지면 슬프지만 돈은 따거든요."

방식이 참으로 명쾌했다. 나쁜 일이 일어날 거라고 예상하면 실제 나쁜 일이 일어났을 때, '역시 내가 맞췄구나. 다행히 마음의 준비를 했어.'라고 생각할 수 있고, 좋은 일이 일어나면 '나쁜 일이 일어날 거로 생각했는데 좋은 일이 일어났구나!'하고 할 수도 있다. 하지만 이 방식은 '부정적으로만 상황 바라보기'라는 습관을 만들어 주었다.

시크릿은 끌어당김의 법칙에서 말한다. 긍정적인 생각은 긍정적인 결과를 끌어당기고 부정적인 생각은 부정적인 결과를 끌어당긴다. 이 말이 맞든 아니든 이 책을 통해 긍정적인 생각을 해야 한다는 강박감이 생겼다. 부정적인 생각이 떠오르는 것을 경계했다.

친한 친구 중 하나는 학창 시절 축구를 굉장히 잘했다. 그 친구가 차는 공이 다른 포지션에 있던 친구에게 정확하게 떨어지는 것을 보며 그의 실력에 감탄했다.

"어떻게 하면 그렇게 정확하게 멀리 있는 친구에게 공을 전달하는 거야?"

친구는 말했다.

"그냥 아무 데나 걷어차고 차고 상대가 받으면 '내가 잘 패스한 거야!' 하고 으스대면 돼."

그랬다. 그 친구도 자신이 차는 공이 정확히 어디에 떨어질지는 몰랐다. 하지만 그 공이 떨어진 결과를 해석하는 방식이 달랐다. 전혀 어색한 곳에 떨어진 공을 보며 친구는 이렇게 말했다.

"포지션을 재정리하자고 한 번 걷어냈어!"

녀석은 실패하지 않았다. 결과를 해석하는 방식에 있어 실패란 존재 할 수 없었다.

게임명은 '죽기 직전 게임'이다. 예를 들면 이렇다. 목이 마를 때 목마름을 참아보고 참다 참다가 도저히 못 참을 상황까지 갔을 때 마시는 한 모금의 물은 행복감을 두 배로 만들어준다.

운동할 때 한 세트를 마저 채우지 못할 때, 죽기 직전의 순간을 넘어서고 바닥에 쓰러지면 그냥 포기했을 때보다 행복감이 두 배로 커진다. 마르지 않은 목을 계속해서 축일 수 있는 한 말의 물보다 가장 갈증 날 때 마시는 한 모금의 물의 더 소중하다.

더 참아보자. 더 몰아쳐 오더라도 두려워하지 말자. 어차피 이 모든 게 나의 행복을 두 배로 만들어 줄 기폭제들이니 모두 감사하게 받아들이자!

더 몰아쳐 보아라!

촌스러움이 내 길이오. 기다림의 여유

안전하게 목적지에 도착하는 법은 모든 길이 평지이길 바라는 것이 아니다. 모든 도로가 직선이기를 기대하는 것도 아니다. 출발한 시점부터 단 한 차례의 빨간불 신호에 걸리지 않는 것도 아니다.

가는 길에 갑자기 사람이 튀어나오고 형편없는 옆 차가 끼어들기를 할 수도 있다. 앞차가 갑작스러운 급정거를 하거나 뒤차가 조급하게 꽁무니를 쫓아 올 수도 있다. 답답한 경운기나 오토바이가 내 앞에서 얼쩡거릴 수도 있다. 멋들어진 외제 차가 내 옆을 조롱하듯 지나갈 수도 있다.

이 모든 것이 나의 운전 실력을 향상시킨다. 향상된 운전 실력만이 나를 안전하게 해 준다. 얼핏 위험해 보이는 일들이 나의 안전을 책임져준다.

직선도로만 운행하던 사람은 결코 멀리 갈 수가 없다. 그런 길은 존재하지도 않을뿐더러 가고 싶은 방향을 갈 수도 없다.

남들과 앞서거니 뒤서거니 하더라도 결국 우리 모두의 도착지는 죽음이다. 무엇이 급해서 서로 발악하며 있는가. 천천히 안전하게 내 운행 길만 즐길 뿐이다.

언어에는 어원이 있다. 어원을 알아가는 것이 재미있다. '기다린다.'와 '기다랗다.', '길다.'는 어원이 같을 거라는 생각을 해본다. '기다림'은 왠지 '긴 시간을 보낸다.'에서 시작하지 않았을까 싶다.

나는 숫자 강박이 있었다. 소지품이 19개가 있을 땐 불필요한 1개를 더 사서 20개를 맞췄다. 약속 시각이 20분이라면 19분까지 주변을 서성이다가 시곗바늘이 정확하게 20분을 가리킬 때 약속 장소에 나타났다.

무언가를 기다리는 일이 항상 낭비라고 생각했다. 나의 강박감이 낳은 최고의 실수는 기다림에서 여유를 잃어버린 것이다.

농사는 기다리는 일이다. 농사꾼은 생산해 내는 것이 아니라 농작물 스스로가 자라는 것을 기다리는 일이다. 짐 로저스나 워런 버핏 같은 투자의 대가들은 투자 철학이 중장기 혹은 장기 투자를 하고 있다. 때문에 거래 매매 횟수가 많지 않고 시장에서 저평가된 우량주를 매집 후 가치가 올라가면 매도를 하는 전략을 취하고 있다.

세상 살다 보면 무언가 하는 것 보다 아무것도 하지 않는 것이 더 어려울 때가 있다. 급격하게 달려져 가는 세상에서 아무것도 하지 않는 것은 정체처럼 보이기도 한다. 하지만 아무것도 하지 않는 것은 물살을 힘차게 헤치는 것보다 더 빠른 속도로 목표에 도달하기도 한다.

세상에는 변수가 너무 많다. 그 많은 변수를 모두 계산하며 맞춰 가면 좋겠지만 때로는 흘러가는 것들을 바라보는 것도 목표로 항해하는 길이기도 하다.

흙탕물을 정화하기 위해서 물속에 떠다니는 부유물들을 손으로 누르거나 휘젓는 것보다 가만히 두는 편이 더 빠르게 정화된다. 마음을 재촉한다고 겨울에서 봄이 빠르게 오지도 않는다. 자라는 싹의 머리통을 뜯어 올려도 수확 일이 당겨지지 않는다. 때로는 순풍에 돛 단 듯, 여유를 가지고 시간을 보내는 일이 좋은 전략일 때도 있다.

바쁘게 살다 보니 기다림의 시간이 허송세월이 아닐까 하는 불안감을 느끼게 되었다. 아무것도 안 할 수 있는 좋은 기회를 하루에도 여러 번씩 놓친다. 가끔 정말 아무것도 안 하고 멍하게 있는 시간도 필요하다.

누구에게나 슬럼프의 시간은 찾아오기 마련이다. 앞으로 진격하기엔 체력적 한계에 도달하고 뒤로 돌아가기엔 너무 멀리 와 버렸을 때가 이다. 그 자리에 주저앉아 버리고 싶은 시간은 항상 존재하기 마련이다. 그런 시간을 보내는 가장 현명한 방법은 '때를 기다리는 중'이라고 생각하는 일이다.

기다림이란 대상이 나타나리라는 기대와 확신이 있어야 가능하다. 대상이 올 거란 걸 알고 있다. 기다리면서는 아무 행위도 하지 않아도 된다. 믿음이 있다면 아무 행위를 하지 않더라도 오게 되어 있다. 조용히 그리고 아무것도 하지 않고 그냥 기다리자. 결국 그것이 원하는 시간에 오지 않았다고 하더라도 조급해할 필요가 없다.

그저 기다리자.

세월을 낚는 강태공처럼 그저 기다리다 보면 그것은 불현듯 나에게 도착해 있을 것이다. 봄에 뿌린 씨앗은 지금, 이 순간에도 꾸준하게 성장해 가고 있다. 바라보는 내가 지루해할 뿐.

기다림은 긍정적으로 쓰일 수도 있고 부정적으로 쓸 수도 있다. 아버지와 어머니는 한라봉 나무에 꽃이 피는 것을 기다렸다. 마치 새로운 명품 신상을 구경이라도 하듯 농장에 가서 한참을 꽃구경하고 오신다. 얼굴 가득 미소를 머금고 오신다.

결국 기다리던 순간이 오고 나면 생각보다 별일 아니었다는 것을 우리는 언제나 깨닫는다. 부정적인 의미의 기다림은 걱정과 불안으로 가득하다. 지나면 별일 아닌 것들이다. 그 순간을 넘어서면 잊는다. 결국 좋은 내용이든 나쁜 내용이든 찰나의 순간이 지나면 모든 건 잊힌다.

이것은 마치 산을 오르는 것과 같다. 조금씩 절정을 향해 올라가다 그 꼭대기를 오르고 나면 어김없이 내려가게 되는 것과 같다. 기다림은 내려가기 전 과정이다.

군대 있을 때 전역을 기다렸던 일이 기억난다. 군대는 대한민국 남자라면 한 번쯤 겪는다. 군대에서 겪는 다양한 경험 중에 가장 소중한 경험은 진급이었다. 누가 들어가도 제일 바닥부터 시작하게 되고 전역할 때는 여지없이 왕이 된다.

이등병 때는 전역하는 선임들이 참으로 높아 보이고 부러워 보였다. 전역은 까마득했다. 눈앞의 진급을 기다렸다. 진급하면 내가 부러워하던 이들의 자리에 내가 서게 된다. 만족하게 될 줄 알았다. 하지만 진급해도 왠지 나는 다시 바닥에 있는 느낌이 들었다. 다음 진급을 기다렸다. 그 부대의 최고선임이 되었을 때도 나는 다시 바닥에 있었다.

군대에서 올라갈 수 있는 최고 자리에 올라가서도 기다릴 것이 있었다는 것은 채워도 채워지지 않는 욕심과 같은 것 같다. 연봉을 올리고 올려도 만족함이 없고 오히려 다음 목표를 기다리게 되었다. 내가 기다리는 것 온 오지 않는다.

지금은 군대 최고선임이라는 사람들도 모두 나이 어린 부러운 존재들일 뿐이다. 나도 누군가에게는 그러한 존재이다. 내가 기다렸던 것은 과연 무엇이었을까? 우리는 기다리고 도달하고 기다리고 도달하고를 반복한다. 그 마지막에는 항상 죽음이라는 도달이 기다리고 있다. 무엇이 급하기에 우리는 기다림과 도달하기를 반복하는 것일까?

나의 가방에는 항상 서너 권의 책이 들어 있다. 많을 때는 6~7권씩 들고 다닐 때도 있다. 누군가를 기다려야 할 때는 조용히 가방에서 책을 꺼내 독서를 한다. 그 시간은 기다리는 시간이 아니라 책 읽는 시간이 됐다.

운전 중에 강의도 듣는다는 말은 '주'가 운전에 있다는 말이다. '강의 청강' 중에 운전도 함께한다. 주객을 전도했을 뿐이다. 규칙적으로 자기관리를 해야만 하는 시간을 갖게 되었다. 약속이 있을 땐 '기다림(독서)'이라 표현하지 않는다. 그것은 내 시간을 상대에게 내주는 격이다. 스케줄 표에 '독서'라고 쓴다. 상대가 늦더라도 책을 읽는 시간이 늘어날 뿐이다. 독서를 하던 와중 우연히 지인을 만난 듯 상대의 늦은 시간에 대해서 너그러이 대해준다.

국내외 '투자의 귀재'들의 철학을 좋아한다. 그들의 한결같은 투자 방법은 좋은 씨앗을 선별해서 잘 자라도록 기다리는 일이다. 오늘 뿌린 씨앗이 내일 자라나지 않았다고 불평하지 않는다. 그들 좋아하는 이유는 주식기법이나 금융 철학 때문이 아니다. 그들의 기본철학이 배울 만하기 때문이다. 어렸을 때부터 우리 집은 농사를 지었다. 주말이면 부모님과 함께 밭에 나가 일을 돕고 흙을 만지면서 컸다.

아버지는 아침 눈을 뜨면 항상 자리에 계시지 않으셨다. 아무리 일찍 일어나도 아버지께서는 항상 농장에 계셨다. '열매들은 농사꾼의 발소리를 듣고 자란다.'는 말처럼 아침부터 작업복을 차려입고 나가셨다. 일과를 마치면 땀 냄새에 흙을 묻혀 오시는 부모님의 작업복이 어렸을 때는 무덤덤했다. 눈앞에 돈이 보이지 않는 농사가 답답하다고 생각했다. 나이가 들고 깨달았다. 가장 느린 것이 가장 빠르다. 모든 일은 농사를 짓듯이 해야 한다. 아버지는 어렸을 때부터 내가 어떤 일에 좌절하고 있으면, '천천히 해라.'라는 말을 많이 하셨다. 그때는 그 말이 참으로 답답했다. 하지만 세월이 지나면서 그 말이 정답이란 것을 깨닫는다. 농사는 오늘 씨를 뿌린다고 해서 내일 수확할 수 없다.

사냥꾼의 손에서 놓여 진 활시위는 즉각적인 그날 저녁을 해결하게 해준다. 이는 농사꾼과 매우 다르다. 일 년을 공들여야 결과를 받아들일 수 있는 농사는 성급한 사람들이 할 수 없는 고귀한 업종이기도 하다. 어린 시절에는 사냥꾼이 얼핏 멋있어 보였다. 잽싸게 달려 적의 약점을 들고 판다. 적에게 화살을 쏘아 굴복시키는 사냥꾼의 용맹스러움이 좋아 보이기도 했다. 반면 전투력이 없는 농사꾼은 미련해 보였다. 젊은이에게는 사냥꾼을 동경하는 마음이 누구나 있다. 하지만 승리는 항상 농사꾼에게 있었다. 역사가 그러했고 현실도 그렇다.

인류는 수렵과 채집에서 농경사회로 발전했다. 농사는 가장 안전하면서도 확실한 이익을 얻는 방법이다. 사냥꾼은 그날 허탕을 치면 한 끼를 굶어야 한다. 그런 날이 많아지면 사냥의 기술도 떨어지게 된다. 그리고 굶어 죽게 된다. 사냥꾼의 사냥 기술은 어떤 상대를 만나느냐에 따라 장점이 되기도 하고 단점이 되기도 한다. 가족이라는 구성원에서 당연히 성인 남자만 그 역할을 담당하게 된다. 그 한 사람의 실패는 온 가족의 굶주림으로 돌아간다.

하지만 농사꾼은 하루 허탕을 치더라도 다음날 혹은 그다음 날 만회할 기회를 준다. 방식을 바꾸며 시행착오를 겪어도 괜찮다. 아버지가 아들의 도움을 받기도 하고 아내가 남편의 도움을 받기도 한다. 협업하고 성취감을 배운다. 회사 생활을 하는 일, 아이를 키우는 일, 재테크를 하는 일, 부모님과의 관계 혹은 친구들과의 관계를 맺는 일.

모든 일은 농사꾼처럼 해야 한다. 우리 아버지께서 항상 몸으로 보여주셨던 것처럼 비가 오는 날도 있고 더운 날도 있고 눈이 오는 날도 있다. 하지만 묵묵하게 꾸준하게 내 할 일만 지속하면 된다.

결정 장애를 벗어나는 법

우리는 세상이 던져 주는 숙제에 대해 수동적으로 살아간다. 세상이 던져 놓은 문제를 해결해가다 보면 어느새 자신을 잃고 원하지 않은 모습으로 인생이 흘러간다.

'일단 저지르자. 그러면 그다음은 알아서 진행된다.'

돈 없이 여행을 가고 싶다면 간단하다. 환불이 안 되는 비행기 표를 덜컥 끊어버려라. 그러면 야간 아르바이트를 하던 친구에게 돈을 빌리던 무슨 수를 써서라도 수개월 뒤에 여행지에 가 있을 것이다.

결정하는 자아와 행동하는 자를 분리한다면 결정 장애가 있는 사람도 언제든지 큰 결정을 내릴 수 있다. 아무것도 하지 않으면 아무것도 일어나지 않는다. 항상 가능성을 열어놓고 살아가야 한다. 우리에게 무슨 일이 일어날지는 아무도 모른다. 그 때문에 행동 할 수 있는 대부분의 것들을 행동하고 결정은 빠르게 하는 것이 좋다.

매해 새해가 되면 목표를 설정한다. 목표 중에는 '동작'이 아닌 '상태'가 많다. '몸무게 00kg 되기' 혹은 '금연 성공하기', '토익 000점 받기' 등이다.

따지고 보자면, '상태'는 결과의 투영일 뿐이다. 목표로 설정하기에는 맞지 않는다. 그 때문에 목표로 설정하기는 '동작'이 좋다. '일 끝나고 운동장 3바퀴 돌기' 혹은 '하루 단어 50번 쓰기' 등등이 그렇다.

나는 일정을 쓸 때 항상 행위를 중심으로 쓴다. 나의 일정에는 동사를 먼저 기록한다. '어머니에게 전화하기'라고 기재하지 않고 [전화]어머니' 혹은 '스케줄 재작성하기'라고 기재하지 않고 '[재작성]스케줄' 따위로 기입한다.

목표는 이룰 수 있는 행위들이어야 한다. 충무공 이순신 장군은 무패의 신화로 유명하다. 그에게 패배가 없는 이유는 모든 싸움에서 이길 수 있는 것이 아니라 이길 수 있는 싸움만 한다는 철학 때문이기도 했다. 이기는 습관은 매우 중요하다. 이기는 습관이 몸에 밴 사람은 이기는 습관이 생긴다.

이루지 못할 목표를 설정하는 일은 지는 습관을 기르는 일과도 같다.

'몸무게 00kg 되기'의 목표는 달성하는 순간만 '승리'를 할 뿐, 매 순간 패배한다. '매일 3바퀴 돌기'라는 목표는 매일 달성할 수 있는 '승리'다.

사실 목표가 너무 많으면 집중하기가 어렵다. 그 때문에 단일 목표에 대해서 간단하게 설정하는 편이 좋다. 목표는 여러 가지 현상의 뿌리일 때 효과적이다. 어떤 질병이 생겼다고 하자. 그 질병의 현상으로 두통과 설사, 발열 등이 있다면 두통약을 먹고 설사약을 마시고 할 것이 아니다. 근본적인 병을 고쳐야 할 것이다.

만약(萬若) 없애기

만약(萬若)은 만일(萬一)과 함께 '있을지도 모를 뜻밖의 경우'라는 의미다. 한자를 살펴보자면 만일(萬一) 만 가지 경우 중 하나다. 한자에서도 '만약'이라는 단어는 가정(假定)을 위해 사용되는 부사 혹은 명사이다. '가정(假定)하다'의 한자처럼 거짓 가(假)에 정할 정(定)을 사용한다. 거짓으로 정하는 일종의 상상일 뿐이다. 이는 인간의 상상력을 풍부하게 만들어준다. 하지만 가정법에는 치명적인 오류가 있다. 예측력을 너무 과신한다.

'만약, 다시 태어난다면.'

'만약, 동물로 태어난다면.'

있을 수 없는 일이거나 이미 발생한 과거의 일에 대해 상상력을 발동한다. 그 때문에 그런 있을 법한 가정에 대해 몹시 불안해한다.

'만약, 이번 시험을 망치면 어쩌지?'

'만일, 우리 아이가 버릇이 나빠지면 어쩌지?'

'만일, 건강이 나빠지면 어쩌지?'

만일은 판타지(Fantasy)에 불과하다. '시험을 망칠 수도 있다.'는 가설은 현실성 있고 '시험에서 찍은 답이 다 맞는다.'는 것은 현실성이 없다고 가정한다. '있을 법하다.'는 것과 '있을 수 없다.'는 기준은 모호하다. 실제로 인간은 단 한 차례도 미래를 예측할 수 없다. 매년 쏟아지는 국내외 경제 성장률은 맞아 본 적이 없고 일어나는 변수마다 다시 조정하여 발표한다.

내일의 날씨를 맞히는 일도 쉽지 않다. 만 가지로 표기하지만 경우의 수는 만 가지는 족히 더 된다. 내일 당장 벼락을 맞을 수도 있고 앞으로 1분 뒤에 지진이 날 수도 있으며 2시간 뒤에 혜성이 떨어질 수도 있다. 우리가 하는 '만약'은 광활한 하늘 밤 어딘가를 바라보며 가리킨 별의 지름을 맞추는 것만큼 막연하다.

과거의 여러 차례 반복은 앞으로의 행동을 맞출 확률을 굉장히 높여준다. 10년 전부터 매일 담배를 피운 사람이 오늘 담배를 피울 확률은 매우 높다. 하지만 그것은 절대적이지 않다. 그것을 예측이라고 보기 어렵다. 우리가 축적한 데이터베이스들의 대부분은 모호한 경우가 많기 때문이다.

확률을 높이기 위해선 자신이 가진 데이터베이스를 신뢰할 수 있어야 한다. 대부분의 데이터베이스는 불안한 감정이 만들어낸 오해와 환상일 뿐이다. 데이터베이스를 객관적으로 판단하기 위해서 기록을 꾸준히 해야 한다.

현실의 행복과 에너지를 오지 않을 미래를 위해 낭비할 것이 아니다. 내가 하는 걱정이 일어나지 않을 것이라는 마음 편한 자세를 유지하는 것이 중요하다. 대부분의 걱정과 오해, 다툼, 불안 등의 감정과 상황은 우리의 상상력이다. 상상력이 풍부한 것은 좋지만 이런 상상력은 No Thank you이다.

그대가 하는 걱정의 99.999%는 어차피 일어나지 않는다. 조금 더 가상 세계에서 자유로워져 오늘의 살아있는 현실을 즐기자.

무의식 길들이기

어떤 안경으로 보느냐에 따라 세상은 파란색이 되기도 하고 빨간색이 되기도 한다. 실재하는 세상의 색이 무슨 색인지는 중요하지 않다. 우리가 파란 세상을 얻고 싶을 땐 세상 밖 모든 사물에 파란색을 칠할 것이 아니다. 눈앞에 파란 안경 하나만 씌우면 된다.

우리가 세상을 바라보는 시선은 뇌가 가지고 있는 정보의 축적에 의해 결정된다. 뇌가 우울함에 빠져 있으면 세상은 부정적인 것들 투성이가 된다. 뇌가 긍정적인 것에 빠져 있다면 세상은 긍정적인 것들 투성이가 된다.

뇌를 다루는 방법을 배움으로써 우리의 눈앞에 긍정의 안경을 씌울 수 있다. 부자로 만들 수 있는 것도 건강한 사람으로 만드는 것도 모두 뇌의 활용부터 시작한다.

이를 의식과 무의식으로 본다. 의식은 자신이 인식할 수 있는 사고를 말한다. 무의식이란 자신이 인식하지 못하는 것들을 말한다. 매일 아침 새벽 5시에 일어나는 사람이 내일 아침 5시에 눈이 떠지는 것은 무의식에 속한다. 그것은 마치 어떠한 노력 없이 스스로 이루어지는 것처럼 보이기도 한다. 습관이라는 설치 과정을 거치면 우리를 구성하는 수많은 체세포 즉, 단백질은 그것들을 백그라운드 프로그램으로 인식한다.

매일 아침 기상 알림을 맞춰야 하는 번거로움에서 자동으로 매일 아침 눈이 떠지는 프로그램으로 바뀌는 것과 같다. 무의식은 나를 위해 나도 모르게 일하며 마치 성공을 거저 가져다주는 것처럼 보이게 한다.

의식과 무의식을 관장하는 것은 반복 즉, 습관이다. 의식을 반복적으로 행하다 보면 우리의 뇌는 반복적인 일을 백그라운드 업무로 인식한다. 그것을 무의식의 업무로 전담시킨다. 우리의 의식이 편해지고 다른 새로운 업무를 받아들일 준비를 할 수 있게 된다.

뇌를 편안하게 하는 방법은 명상이 제일이다. 명상이란 잡생각과 잡감정이 서로 규칙 없이 떠다니고 있는 머릿속을 차분하게 관찰하는 일이다. 부유물들이 차분하게 침전되기를 기다리는 일은 아무것도 하지 않고 바라보는 것이다.

여러 가지 잡생각들이 많아지게 되면 우리의 뇌는 집중력을 잃는다. 집중하지 못한 업무는 아무리 반복해도 쉽게 무의식이 되지 못한다. 어떤 행동도 만들어내지 못하며 어떤 기적도 행할 수 없다.

마치 머리를 세차게 위아래로 흔들면서 오른손으로 농구공을 튀기고 왼발로 축구공을 차면서 왼손으로 쓴 글이 잘 나오지 않는다고 한탄하는 것과 같다. 자신이 하는 수많은 감정과 생각을 잘 정리해서 머리와 왼발 오른손 모두를 차분하게 만들고 왼손이 하는 일에 집중해 보자.

운전할 때 자동 운전 시스템이 존재한다. 음악을 듣거나 어제를 떠올리거나 오늘을 계획하는 일을 할 때도 나의 자동차는 자동으로 운행된다. 저절로 액셀러레이터를 밟고 우회전과 좌회전을 하고 브레이크를 밟는다. 이 시스템은 내 자동차에 설치되어 있지 않다. 내 무의식 속에 숨겨져 있다.

처음 운전을 할 때는 핸들을 잡는 각도나 액셀러레이터를 밟을 때의 힘 등 사소한 것 하나하나도 신경을 곤두세우며 집중한다. 하지만 어느 새부터는 다른 생각을 하면서도 저절로 운전가능하다.

무의식은 운전처럼 일상을 자동에 맡겨 둔다. 샤워할 때나 머리를 감을 때 혹은 운전할 때도 우리는 종종 잡념을 하며 하는 일을 무의식에 맡긴다. 그래서 실수가 발생하면 이렇게 말한다. '무의식적으로 실수했네.'

우리는 자동으로 먹고 자동으로 자고 자동으로 일하고 있다. 나의 인생을 사는 것은 '나'일까? '무의식'일까. 우리는 그렇게 살아가는 중이다. 무의식을 잘 살펴보고 고쳐나가면 의식인 나보다 더 많은 일을 효과적으로 할 수 있다. 밥을 먹을 때는 포만감을 느끼면서 먹고 있는가? 자리에 앉을 때는 허리는 반듯하게 세우고 있는가? 생생한 현실을 느끼고 의식해보자. 더 이상 무의식에게 인생을 무책임하게 맡기지 말자.

선택과 결과

선택(選擇)의 사전적 의미는 이렇다. '여럿 가운데서 필요한 것을 골라 뽑음.' 사전적 의미를 차치하더라도, 선택은 '가릴 선(選)'에 '가릴 택(擇)'을 사용한다. 한자가 담는 지혜를 빌려 우리는 선택(選擇)이 필요한 하나를 가려내는 작업이라는 것을 알 수 있다. 영어권에서조차 'Select(선택)'라는 단어는 그 어근은 'Se(분리하다)'와 'Lect(모은다)'다.

선택을 위해서는 옵션이 있어야 한다. 옵션은 많으면 좋다. 최선이 없다면 차선을 택하고 차선이 없다면 최악이라도 피하는 일이다. 삶은 항상 기로에 놓이는 일이다. 하지만 좋은 선택이란 없다. 아무선택을 해도 좋다.

사람의 머리는 믿을 수 없다. 머리를 굴려도 선택이 불러올 다른 나비효과는 짐작조차 할 수 없다. 자신을 과신하는 행위는 언제나 오판을 만들어낸다. 나의 계산에 따라 세상이 움직일 거라는 것은 오만이다. 그 오만은 또 다른 오판을 만든다. 오판은 후회가 되고 후회는 다음 선택에 대한 불확실성을 준다.

결과에 연연하지 않는다면 선택은 자유로워진다. 남에게 선택을 양도하는 일은 삶의 주체성을 넘기는 일이다. 이야말로 노예다. 선택하지 못하는 이유는 결과에 대한 책임을 피하고 싶어서다. 결과에 만족하지 못하는 것은 습관이다.

선택과 결과는 인과(因果)의 관계다. 남이 내린 선택에 대한 결과의 십자가도 본인이 짊어져야 한다. 누군가가 정해준 식단과 옷, 누군가가 정해준 일정에 맞춰 움직이는 것은 자유를 박탈하는 일이다. 노예나 동물조차 그런 삶을 달가워하지 않는다.

자기가 원하는 대로 일이 이루어지지 않았을 때 스스로 결과에 대해 합리화하고 자기가 편한 쪽으로 생각하는 일을 '자기합리화'라고 한다. 이것은 패배적인 시각일 수도 있다. 갑작스럽게 자동차가 고장 나는 일 따위가 있다고하자. 그러면 누구나 기분이 나쁘다. 하지만 주어진 모든 상황을 편한 쪽으로 합리화하는 일은 초 긍정주의자의 선택이다.

2016년 나는 뉴질랜드의 소도시 랑기오라(Rangiora)에 있었다. 그곳은 뉴질랜드 남섬 캔터베리 지방자치 지역에 있는 전원도시이다. 그 근처의 대도시인 크라이스트처치에서 북쪽으로 25km 지점에 있으며 인구 1만 명 정도의 아주 작은 마을이다.

우리 뇌에는 일정 삶의 루틴으로 프로그래밍 된다. 사람들은 본인이 하지 않을 것 같은 선택은 절대 하지 않는다. 1998년도 제작되었던 영화 트루먼 쇼 (The Truman Show)는 그와 같은 이야기를 공감 시켜 준다. 한 사람이 살아오던 루틴을 벗어나지 않을 거라는 확신이 있다면 평생을 진실을 찾지 못한 채죽게 할 수도 있다. 주인공인 투루먼은 자신이 절대 하지 않을 듯한 선택을 함으로써 세트장을 벗어난다.

매트릭스와 같이 나라면 선택하지 않을 것 같은 선택을 했을 때 만나게 되는 특별한 상황에 나는 일종의 쾌감을 즐긴다. 나라는 사람이 죽을 때까지 하지 않을 선택을 해보는 일은 참 흥미로운 일이다. 나는 랑기오라에서 더 내륙으로 들어가 바로 북쪽에 있는 애슐리강(Ashley River)를 건너고 양과 말이 있는 목장지를 넘어갔다. 길도 나지 않는 곳으로 내달렸다. 푸른 초원에서 풀을 뜯는 말과 양을 유리창으로 스치며 우둘투둘한 비포장도로를 내달린다. 거기서 현지인들도 존재를 모를 목장을 발견했다. 그 목장을 끼고 있는 갓길에 차를 대었다. 차에 앉아서 별을 보기도 하고 옆에 있는 말과 양을 쳐다보기도 했다. 일상 루틴으로는 절대 만나보지 못할 말(□)을 만났다. 그 눈동자를 가만히 보자니 그 또한 나를 쳐다본다. 선택의 신비를 느낀다. 서로의 존재조차 알 수 없었을 두 존재가 서로를 바라보는 일. 감상에 젖어 든다.

뻔하디뻔한 나의 선택대로 둔다면 죽을 때까지 존재조차 모를 공간과 시간을 겪어보면서 '과연 이 공간에 한국인이 온 적이 있었을까?' 되뇐다. '한국인이 아니라 동양인, 어쩌면 인류 역사에서 이 장소를 발견한 사람이 나를 포함해 몇 명이나 될까?' 하는 생각이 꼬리에 꼬리를 문다.

우리는 살아가면서 자신만의 가치관을 형성한다. 가치관은 넘을 수 없는 견고한 벽이 되어 너머의 세상을 차단하는 벽이 되기도 한다. 형성된 가치관만이 정답이라고 믿고 살아가는 것만큼 시선을 편협하게 만드는 것도 없다. 우리는 행복하고 좋은 일들만 겪는 것이 아니다. 살다 보면 슬픈 일도 있고 좌절이나 실패를 할 수도 있다. 그것은 이미 프로그래밍 해 놓은 기준선이 만들어낸 착각일 뿐이다.

슬픈 일이란 슬프지 않은 어제보다 슬픈 일일 뿐이다. 당장 내일 죽음을 맞이한 이에 비하면 슬픈 일도 아니다. 모든 일에는 양면이 있다. 그것을 깨우치는 것은 중요하다. 그것만 깨우친다면 우리는 선택과 결과에 자유로워진다. 결과를 긍정으로 본다면 어떤 선택을 하던 최선이 된다. 언제나 '좋은 선택하기'를 훈련할 수 있다. 어제를 놓쳤다고 해도 오늘 새로운 기회가 있다. 우리는 무수한 선택을 해나간다.

어느 날은 글을 쓰기로 마음먹고 서재에 들어가 따뜻한 차 한 잔과 과일 한 접시를 준비를 했던 날이 있다. 그날 낮잠을 자고 있던 4살배기 딸내미가 벌컥 문을 열더니 자기가 좋아하는 '곰 세 마리' 노래를 신나게 부른다. 순간적으로 짜증이 올라왔다. 곰곰 하게 생각해보니 이 순간을 놓친 것을 언젠가 몹시 후회할 것 같다는 생각이 들었다. 글은 내일 또 쓰면 된다. 나는 하던 것을 내려놓고 아이의 노래를 같이 따라 불렀다.

간혹 세상을 다르게 바라보는 일을 대단한 사람들이 하는 일들이라고 생각한다. 유학하던 시기, 한 일본 친구를 만났다. 한국어와 일본어 언어교환을 하기 위해 만난 친구였다. 그 친구의 영어 실력이 형편없고 어리바리했다. 그 친구를 보며 남모를 우월감에 빠졌던 적이 있었다. 시간이 꽤 지나고 그 친구가 명문대 출신이라는 사실을 알게 됐다. 그런 후부터 친구가 하는 말에 의미를 부여했다. 그의 어리바리함이 겸손으로 보였다.

아무것도 달라진 것 없는 그를 두고 달라진 것이라고는 나의 시선뿐이었다. 이는 심리학에서 헤일로 효과(Halo effect)라고 한다. 우리말로는 후광효과(後光效果)라고 부른다. 한 대상의 두드러진 특성이 대상의 다른 세부 특성을 평가하는 데도 영향을 미치는 현상이다. 우리의 뇌는 객관적이라 생각하는 모든 일에 객관적이지 않다. 이것을 상대적 진리(相對的眞理)라고도 한다. 말하자면 진리라는 것이 주관적이고 상대적이라는 말이다. 우리가 결과라고 인식하는 실제 또한 절대 영역에 있지 않고 상대적 영역에 있다.

우리가 만들어낸 가상의 기준을 두고 부합하지 못한 현실에 만족하지 못한다. 만들어진 가상의 기준만 옮기면 모든 것은 해결된다. 옆방에서 흘러나오는 기타 소리를 소음으로 치부한다면 소음이다. 내가 즐길 수 있다면 그것은 음악으로 변신한다.

유학 시절 나는 생활비를 벌기 위해 낮에는 학교에 가고 밤에는 클럽 청소를 했다. 12시간이 넘는 시간 동안 휴식 시간도 없고 식사도 하지 못하면서 나는 저녁 10시부터 아침 10시까지 일해야 했다. 시간이 꽤 흐르자 귀를 때리는 클럽 음악이 거슬리기 시작했다. 매너리즘이 찾아온 것이다. 귀를 거슬리는 음악 소리 때문에 잠을 깊게 자지도 못하고 두통도 심하게 밀려왔다. 이게 다 이 시끄러운 클럽 음악 때문이라는 생각이 들었다.

하루 12시간씩 흘러나오는 클럽 음악이 싫다고 클래식 음악으로 바꿔 틀 수는 없다. 그렇다고 일을 그만둘 수도 없다. 음악들을 즐겨보기로 했다. 직장 동료에게 노래 이름을 물어보고 가사를 외웠다. 시끄러웠던 음악은 좋은 영어 선생님이 되었고 손님에게는 음악의 정보를 이야기해 줄 수 있었다. 덕분에 현지 친구가 많아졌다.

우리는 세상 모든 것을 바꿀 능력이 없다. 그런데도 사사건건 모든 것을 내 입맛에 맞추려고 한다. 그게 얼마나 소모적인 일인지 스스로 인지하지 못한다. 세상을 모두 바꾸려 한다. 세상 모든 것들이 내 멋대로 흘러가야 한다고 착각한다.

눈을 좋아한다고 가정해보자. 내가 사는 곳은 아프리카의 한 초원이다. 내가 행복을 느낄 날은 일 년 평균 며칠 정도가 될까? 아프리카 초원에 눈이 올 수 있게 기도와 노력을 한다면 얼마나 바꿀 수 있을까?

우리가 바꾸려고 하는 것들은 사소한 것일 수도 있다. 남편의 경제관념, 와

이프의 말버릇, 딸의 정리 정돈 습관. 하지만 그 사소한 것들을 모두 통틀어 '세상'이라고 한다. 우리가 바꾸려고 하는 것은 작고 사소한 것이 아니라 '세상' 지칭한다.

'세상'이 아닌 '취향'을 바꾸는 것이 더 현명하지 않을까? 초원에 살고 있다면 초원에서 풀을 뜯는 소를 좋아해 보기로 하자. 소의 좋은 점을 발견해보자. 좋은 것이 하나도 없다 하더라도 차근차근 찾아보자. 자주 오지 않는 '눈'의 단점을 발견해보자. 내 취향이 바뀐다면 일 년 평균 내가 내가 불행을 느낄 날은 며칠 정도만 된다. 취향을 바꿀수록 행복한 일들이 가득하게 된다.

나는 사람을 볼 때 그 사람을 '별'이라고 생각한다. 지켜볼 수는 있지만 영향력을 미칠 수 없음을 인지해야 한다. 누군가의 버르장머리를 고치거나 말버릇 혹은 습관을 고치려들 필요가 없다. 우리는 그들의 선생도 아니고 지시자도 아니다. 우리의 방식으로 생각하고 살아가게끔 그들을 바꿀 이유도 권리도 없다. 그들은 그들의 방식으로 생각하고 살아갈 뿐이다. 가족이나 자녀, 친구, 부모 모두에게 해당된다.

불만이 항상 외부로 향하는 것은 현명한 일이 아니다. 밝게 빛나고 있는 별의 색깔이 마음에 들지 않는다고 바꾸려 든다면 얼마나 힘이들지 생각해보자. 그 대신 생각해보자. 무엇 때문에 나는 상대의 행동을 불편해하는지

시선을 바꾸는 것을 시도해 보자. 쉽지 않다면 노력해 보자. 별의 색을 바꾸는 노력보다는 안경을 바꾸는 노력이 훨씬 쉽다. 자신의 간단한 시선조차 바꾸지 못하면서 상대의 행동이 바뀌길 바라는 것은 얼마나 어불성설인가. 내가 바꾸지 못한다면 상대도 바꾸지 못한다. 안되면 될 때까지 연습해보자. 훈련해 보자.

모든 것은 선택이다. 긍정적인 삶을 사는 것도 선택이고 행복한 삶을 사는

것도 선택이다. 부를 소유 하는 것도 선택이고, 가족과의 관계 또한 선택이다. 어떻게 그 상황을 바라보느냐에 따라 모든 것은 결과가 된다.

예전 같으면 동네에서 축구를 잘하면 축구 잘하는 사람이었다. 지금은 유튜브에서 '마라도나' 혹은 '메시'와 같은 세계 일류들을 볼 수 있다. 매체가 발전하면서 우리의 비교 대상이 세계 일류들이 됐다. 우리 스스로 하찮은 존재가 되어간다. 비교대상을 바꾸자.

대한민국 땅에서 태어난 자체만으로 소말리아에 태어난 동년배보다 풍요로운 삶을 살고 있다. 선택 가능한 이런 자율적인 행복과 삶을 버리고 나를 괴롭게 할 필요는 없다.

외부의 촌스러움……

매사에 감사하고 순리대로 살자

출근하면서 커피 한 잔을 마신다. 달콤한 커피의 맛이 혀끝부터 몸 전체로 퍼져나간다. 맛있다.

내리쬐는 태양 빛을 아래로 왈왈하게 달궈진 바닥에서 땀 흘리며 훈련받는다. 시원한 냉수 한 잔과 달콤한 커피 한 모금이 그토록 그립던 20대 어느 날의 훈련병은 아마 지금의 나를 몹시 부러워할 것이다. 모든 게 그렇다. 시간과 공간만 달라졌을 뿐이다. 그때의 나와 지금의 나는 너무나 그대로다.

나를 두고, '순서'와 '위치'만 바꾸어 남인 것처럼 대하지 말자. 감사해하자. 모든 걸 감사해하자. '순서'와 '위치'를 떠나 감사해할 것은 언제나 감사해하자. 넘어가는 커피뿐만 아니라 적절한 기온과 편안한 출근길마저 감사해하자. 조금만 살펴보아도 세상은 감사할 것투성이다.

살다 보면 이런 일, 저런 일이 일어난다고 한다. 가만히 있으려고 해도 떠내려가듯 움직이고 방향을 설정해도 뜻대로 되지 않는 것이 세상이다. 세차게 흐르는 강물을 거슬러 오르는 것이 성공인 것 마냥 한다. 하지만 순리대로 사는 것이 성공이다. 흐르면 흐르는 대로 떠내려가고 바람 불면 부는 대로 날아가자. 떠내려가고 날아가다 보면 예상치 못한 큰 행운을 만날지도 모른다. 순리대로 두자.

내 배에 동력기가 없다면 노를 저어 물살의 반대로 거스르려고 하지 말자. 부는 바람에 돛을 달아 바람의 방향으로 떠내려가자. 흐르는 순리를 이용해 나를 맡기다가 스치는 행복과 행운 그리고 기회를 마주하자. 아주 조금의 방향 조절만 하고 살자. 거스르려다 보면 지치는 것은 바람과 강물이 아니다. 마주보면 적이 되고 등지면 지지자가 되는 순리에 맞게 살자. 바람 따라 떠내려간 길이 지름길이 될 수도 있다.

비 오는 날을 피하는 법은 두 가지다. 비구름이 내 머리 위를 지나가기를 기다리거나 내가 자리를 옮겨 이동하는 것이다. 구름을 미워할 이유도 필요도 없다. 흘러가는 자리에 우연히 내가 있었을 뿐이다. 가끔은 우울하거나 시련이라고 생각되는 시기가 나에게 올 때가 있다. 들어가는 터널에 끝을 알고 있을 때는 덜하다. 끝을 모를 때의 막연함은 불필요한 공포가 된다.

발이 닿지 않는 물에 빠졌던 적이 있다. 물속 깊이가 내 발끝보다 티끌만큼 더 깊었다는 사실을 알았더라도 두려움은 덜했을 것이다. 허우적거릴 때 드는 깊이에 대한 두려움은 내가 만든 상상일 뿐이다. '아주 깊은 곳으로 더 빠져들겠지'라는 공포는 현실에는 없다. 머리를 흔들어 현실로 돌아오자.

스스로 만든 상상의 적과 싸우지 말자.

사탄이나 악마라고 부르는 '악'의 존재가 외부에 있다고 생각하지 말자. 눈을 감는 순간부터 올라오는 '두려움'과 '우울'이라는 것들이 '악'이다. 그들은 나를 더욱더 나쁜 쪽으로 이끌기 위해 노력한다.

　세상을 살다 보면 맑은 날도 있고 비가 오는 날도 있다. 눈이 오기도 하고 더운 날, 추운 날이 번갈아 온다. 내가 원치 않은 날을 맞이했다고 슬퍼하거나 두려워하지 말자. 없던 일이 생겨난 것이 아니다. 애초부터 있던 일들이 지금 나를 스쳐 지날 뿐이다.

　하루는 인생이라는 선에서 한 점과도 같다. 모든 것은 연결되어 있다. 결국은 하나일 뿐이다. 좋은 날과 슬픈 날이란 건 없다. 비구름이 스쳐도 구름 위에 태양은 나를 바라보고 있다. 잠시 가려졌을 뿐 태양이 없다고 생각지 말자. 그 믿음만 있다면 내리는 비를 시원하게 맞이할 마음이 생길지도 모른다.

오늘에 집중하라

'그때가 참 좋았었지.'

힘든 수험생 때는 그 기간이 가장 힘든 줄 알았다. 입대 후에는 군 생활에 제일 힘든 줄 알았다. 유학 중에는 유학 생활이 세상 제일 힘든 줄 알았다. 사람은 지금밖에 모른다. 과거의 큰 병보다 지금의 감기가 더 아픈 법이다. 힘들었던 고난의 순간이 지나면 아름다운 추억으로 포장된다.

'오늘에 집중하자!' 오늘이 어쨌든 시간은 오늘을 포장해 줄 것이다. 마음 놓고 지금에 집중하자. 하루를 어떻게 사느냐는 인생 대하는 자세와 같다. 하루는 작은 인생이다.

고민으로 가득하던 어느 날 샤워하며 이런 생각이 들었다.

'이번 일을 어떻게 처리하면 좋지?'

머릿속이 해결되지 않는 고민이 가득했다. 그 동안도 나의 손은 머리의 거품을 씻어 내리고 있었다. 그러다 '아차!' 생각이 들었다.

'나는 머리를 감는 일을 제대로 행하고는 있는가?'

지금 주어진 숙제도 제대로 처리 못하면서 내일의 숙제를 걱정하는 꼴이다.

'머리나 잘 감자.'

'습'이 되어버린 일들이 많다. 어릴 적 샤워할 때는 눈에 비누 거품이 들어갈까봐 눈을 질끈 감았다. 숨을 코로 쉬어야 할지 입으로 쉬어야 할지 신경 썼다. 양치는 위에서 아래로 해야 할지 오른쪽에서 왼쪽으로 해야 할지 집중했다. 모든 순간과 지금에 집중했다. 하지만 성인이 되고 나서는 지금을 놓친다. 가장 중요하다는 현재는 미래를 걱정하거나 과거를 후회하는 일에 써버린다. 모든 일은 모두 '습'에게 맡겨두고 걱정이라는 오물들로 오늘을 채워 놓는다.

밥을 먹으면서 다음 식사는 무엇을 할지 고민하고 잠자리에 들고서 내일을 고민한다. 쉬면서는 출근을 고민하고 출근해서는 쉬는 날을 생각한다. 어딘가 잘못되어 있다. 우리는 모든 순간과 여기에 집중하는 연습이 필요하다.

머리를 감는 손은 깨끗하게 머리를 씻어내는 일에 집중해야한다. 밥을 먹을 때는 입속과 혓바닥에 닿는 음식의 식감과 미향에 집중해야한다. 쉬는 동안에는 휴식에 집중하고 업무 중에는 업무에 집중해야 한다.

우리가 하는 걱정이나 고민은 일어나지 않을 망상에 지나지 않는다. 불행에 대한 마음의 준비는 예견도 대비도 아니다. 그저 일어나지 않을 슬픈 일에 대한 대단한 집착과 소원일 뿐이다. 간절하게 빌면 이루어진다. 당신의 간절함이 당신의 무의식 깊은 곳에 녹아들어 일어나지 않을 미래를 불러일으킬 수 있다.

지금 여기 내게 달린 꼬리표에 집중하자. 과거는 고정된 석상과 같고 미래는 언제든 바뀔 수 있는 공기와도 같다. 지금 여기 만질 수 있는 현실 속에서 최선을 다하자.

당신의 오늘 하루는 이름이 무엇인가요?

예전에는 그림일기를 쓸 때 일기에 제목을 정했던 것 같다. 근데 어느 순간 부터 일기장에 제목을 적지 않는다. 하루에 있었던 일들의 하소연이 된 일기 장은 주제 없는 저주와 한탄의 글이 되어버린다. 오늘 하루에 이름을 붙여주 자.

예전에 내가 좋아하던 장난감 로봇은 이름이 있었다. 아무 의미 없는 인형 이나 소지품에도 이름을 정해주면 그것이 각별해진다. 이름 없는 꽃에 이름 을 정해주거나 이름 없는 강아지에게 이름을 붙여주면 그것들은 새로운 의미 로 생명이 부여된다.

실제로 식용가축에는 이름을 붙이지 않는다. 도축의 과정에 대한 죄책감을 줄이기 위해서다. 이름을 붙이는 일은 대상에 생명을 부여하는 일이다. 생명 을 해하는 일에 죄책감을 덜기위해 우리는 식용가축에 이름 주지 않는다.

어린 시절 동심이라고 치부하기엔 어린 시절은 지금보다 더 많은 것을 알고 살았는지도 모른다. 온종일 내 손을 떠나지 않는 스마트폰이나 컴퓨터는 이름조차 없다. 항상 앉는 의자도 이름이 없다.

뉴질랜드에서 살 때 나의 자동차는 이름이 있었다. 그러고 보니 차에 이름을 붙여주면 더욱 내 것이라는 소유감과 함께 친근감이 느껴진다. 이름이란 그런 역할을 한다. 누군가가 나의 이름을 부를 때 특별한 유대감을 느낀다. 나를 잘 모르던 사람이 나의 이름을 부르는 것에 대한 일종에 희열 같은 감정도 있다. 남들과 다른 특별한 존재라는 자부심도 생긴다.

대규모 공장에서 찍어낸 물품이라 하더라도 나와 인연을 함께 하는 순간부터 그것은 나의 일부다. '빌 게이츠', '아인슈타인', '알렉산더', '스티브 잡스' 등의 사람들을 볼 때 우리는 그 사람의 얼굴만 떠올리지 않는다. 그 사람이 쓰고 있던 안경, 그 사람이 착용하고 있던 옷이나 그 사람이 뿌렸던 헤어스프레이까지 모든 것이 그 사람의 일부로 받아들인다.

우리가 바라보는 이 종이마저 인연을 함께 한 순간부터 내가 확장한 나의 일부이다. 태어난 아이에게 이름을 붙여주지 않는 무책임한 부모는 없다. 부모는 아이에게 이름을 지어주고 다정하게 이름을 불러주며 자녀에게 사랑을 주고 자녀는 그런 사랑을 부모로부터 확인받는다.

어제 내가 보낸 하루는 어떤 이름을 갖고 있을까? 이름 없는 영화를 본 것처럼 나의 어제 하루도 이름 없는 시간이었을까? 고민해 볼 필요가 있다. 하루를 끝내고 나면 하루에 대한 특별한 주제를 정하고 그 주제에 맞게 이름을 붙여주자. 명작에는 이름이 있다. 나의 하루를 소모품으로 대하지말자. 그것은 곧 스스로의 인생을 하대하는 것이다.

하루라는 소중한 인생의 일부가 시간을 넘어 소유가 되어간다. 지나간 시간이 소유로 차곡차곡 쌓여간다. 지어준 이름에 생명을 부여받는다.

가계부도 쓰지 않으면서 시간은 금이 맞나요?

이제는 너무 많이 써서 상투적인 말이 되어버린 '시간은 금이다.'라는 말……, 가장 뼈를 울리는 말들은 당연히 많이 소비됐고 이제는 소모적인 말이 됐다. '시작이 반이다.', '시간은 금이다.', '하늘은 스스로 돕는 자를 돕는다.', '가는 말이 고와야 오는 말이 곱다.' 등등……. 이런 말들은 상투적이기 때문에 면역이 되어 버렸는가? 더욱더 자극적이고 획기적인 '명언'이 아니라면 우리는 자극받지 못한다.

예전에 어느 목사님과 면담을 한 적이 있었다. 종교를 갖고 있지 않은 나를 배려하시는 목사님 덕분에 '하나님'이나 '주님' 등의 교회 언어를 통하지 않고 성경의 이야기를 들을 수 있었다. 목사님은 이렇게 말했다.

"기독교 혹은 종교의 색을 빼더라도 성경이 담고 있는 인생의 철학이나 가르침은 배울 것이 많아요."

그러면서 성경을 읽는 법을 알려 주셨다. 목사님은 신약의 아무 부분을 펴 놓고 읽으셨다. 성경은 얼핏 무슨 말인지 모를 고어로 되어있다. 거부감이 들었다. 그러나 목사님은 한 구절을 읽고 다시 그 구절을 읽었다. 그리고 다시 또 그 구절을 읽으며 되뇌고 음미했다. 한 구절 한 구절이 담고 있는 의미를 살피라고 하셨다.

몇 글자 안 되는 단순한 구절을 읽고 또 읽기를 반복했다. 처음에는 알 수 없는 어려운 고어가 서서히 해독되기 시작하고 그다음으로는 그 깊이가 느껴 졌다.

어찌됐건 좋은 말은 짧고 간결하다. 간결함이 내포하는 뜻을 음미 할 수 있어야 한다.

'시간은 금'이라는 말. 참으로 좋다. 우리는 매일 24시간이라는 '금'을 부여 받는다. 이는 워런 버핏과 빌 게이츠도 같은 양을 부여 받는다. 신은 누구에게 더 주고 누구에게 덜 주지 않는다. 정선 카지노나 홍대 클럽에 있는 그 누군가 에게도 같은 양을 준다.

하늘은 공평하게도 모두에게 24시간이라는 '금'을 부여한다. 각 객체가 같은 양의 금을 부여받는다. 누군가는 그 '금'을 직장으로 가서 시간 당 '2만 원'이라는 현물 화폐로 바꿔 쓴다. 누군가는 책을 읽음으로써 지식을 습득하기도 한다. 또한 누군가는 스마트폰으로 알고 지내던 친구가 먹은 저녁 식사 사진을 살펴보기도 한다.

오늘 24시간의 '금'을 모두 사용해도 내일이면 공짜로 주어지는 24시간이라는 '금'을 다시 부여받는다. 그 금으로는 TV도 볼 수도 있고 남을 욕할 수도 있으며 운동을 할 수도 있다. 각자의 나름대로 자신이 필요하다거나 가치 있다고 생각하는 것들과 매 순간 바꿀 수 있다.

이렇게 매번 새롭게 금을 받다보니 우린 '금'이 넘친다고 착각한다. '금'이라는 것이 무한하다고 생각하기 때문이다. 하지만 당장 내일 교통사고로 금을 부여받지 못할 수도 있다. 어쩌면 5년 뒤 큰 병에 걸리거나 20년 뒤 전쟁이나 사고로 지급이 끊길 수도 있다. 갑자기 끊긴 금의 지급은 당황스럽다. 어느 날 갑자기 당연하게 들어오는 '금'이 지급되지 않는다면 우리는 지금껏 사용한 '금'의 형태를 후회하지는 않을까?

'가계부'도 없이 과연 우리는 '금'을 어디에 썼고 어떻게 썼는지 알 수 있을까? 당신의 스케줄러에는 무엇이 적혀 있나?

인생에는 목적이 없다

뉴질랜드에서 4년간 생활했던 곳은 동양인은 보기 힘든 곳이었다. 많은 친구가 워킹홀리데이 비자를 가지고 뉴질랜드를 방문하지만 대게 대도시를 방문한다. 내가 살던 곳은 마오리와 키위(현지인)들만 사는 아주 깊은 곳에 있었다.

그곳에서는 생각할 시간이 많았다. 아침 9시에 출근하고 5시면 퇴근하는 생활을 하면서 할 일도 없고 만날 사람도 없었다. 나 혼자와의 시간을 가장 많이 가졌다. 지금 생각하면 그때가 그립다. 하지만 미래에 대한 불안감도 없고 내일에 대한 기대감도 없는 평온하고 조용한 생활은 지겨움의 연속이었다.

일을 마치면 저녁 식사를 하고 코로나 병맥주에 레몬 하나 끼워 놓는다. 옥상 엘리베이터로 올라가면 멋진 장관이 나온다. 옥상에는 지붕이 없는 야외 수영장이 있었다. 야외 수영장 바로 앞에 간단한 헬스장과 소파 그리고 TV와 사우나가 있었다. 내가 살던 건물은 호텔이었다. 회사에서 통째로 렌트를 하면서 그곳에서 생활했다. 엄청난 장관이 앞과 뒤에 펼쳐지고 언제나 이용가능한 수영장과 사우나가 비치되어 있었다.

뉴질랜드의 밤은 매우 고요했다. 한국에서는 상상을 초월할 정도로 고요하다. 나름의 시내에서도 바람 소리와 파도 소리가 조금 들릴 뿐, 차 소리도 비행기 소음도 사람들의 말소리도 전혀 없다. 언젠가 '마이클 클라이튼'의 '타임라인'이라는 책을 본 적 있다. 그 책에는 중세시기로 간 현대인들이 처음 접해보는 '완전한 적막함'에 불안함을 느꼈다는 대목이 나온다. 어쩌면 그는 뉴질랜드의 적막감을 경험해봤을지도 모른다. 현대인들은, 특히 한국 사람들은 아무리 시골에 산다고 해도 완전한 적막을 경험해보기 어렵다.

수영장의 물을 손으로 몇 번 튕겨본다. 맥주병을 들고 야외의 밤하늘을 바라보면 밤의 별은 내가 우주에 있는지 지구에 있는지 착각이 들 만큼 광활했다. 그곳에서 도심을 비추는 작은 불빛과 하늘의 별을 바라보며 시원한 코로나를 들이키곤 했다.

한국에 들어오고 나서는 아무리 사색을 즐기고 싶어도 쉽지가 않다. 비싼 인터넷 덕분에 효용이 없다시피 한 스마트폰을 가지고 다니던 뉴질랜드에서의 사색의 깊이가 여기서는 느껴지지 않다.

나는 제주도에 거주하고 있다. 어쩌면 남들보다 사색하기 더 좋은 곳일 수도 있다. 가끔 뉴질랜드에서 광활한 자연을 무념무상 하듯 바라보며 시간을 죽이던 추억과 습관이 아직 나에게 남아 있다.

가끔 집의 테라스나 차에서 가만히 아무것도 안 하고 있을 때가 있다. 그때의 그 지루함을 느끼고 싶었을까? 다시는 경험하고 싶지 않던 지루함도 이제는 향수가 되어간다.

세상에 목적을 이루기 위한 책들이 너무 많다. 성공하려면 꼭 그 책을 읽고 배워야 할 것 걸 같은 기분이 든다. 예전에는 그런 책들을 좋아했다. 내가 이루어야 할 목적이 있다고 생각했다. 그 목적은 누구로부터 부여 받지 않았다. 나 스스로가 만든 강박일 뿐이다. 이 세상에 내려온 목적을 찾다 보면 결국은 무(無)가 되고 허무주의가 된다. 인생에 목적을 두려는 강박을 버려야 한다.

인생이라는 장기 마라톤 경기에서 단기 달리기를 하고 있다면 지금 당장 멈추어야 한다. 인생은 100년이라는 장기 마라톤 경기다. 쉼 없이 달려야 할 것 같은 강박감은 목적이 아니다. 현실의 자아에 대한 불안과 불만의 해소일 뿐이다.

지금은 자동차가 있어서 쉽게 이동이 가능하다. 시골에 살다 보면 불편한 교통수단 때문에 부득이하게 걷는 경우가 많아진다. 일부러 시간을 내서 헬스장을 찾는 현대인들에게 걷기는 돈을 주고 해야 하는 값비싼 운동이 되었다. 시골에서는 공짜로 주어진다. 깨끗한 공기와 기분 좋은 풍경까지 덤으로 준다. 제대로 된 인생이란 없다. 인생은 그저 살아가는 것일 뿐이다.

복잡한 세상의 기대와 강박을 벗어나 '촌'으로 넘어가면 거기도 마찬가지의 삶이 존재한다. '촌'으로 내려가 보자.

'삶'이라고 하는 것은 목적을 달성하기 위해 주어진 것이 아니다. 그저 살아가는 것이다. 그것을 '삶'이라고 부를 뿐이다. 아무것도 하지 않아도 '삶'이라고 부르고 무언가를 달성해도 '삶'이라고 부른다. 세상의 색깔이 여러개이듯 '삶'의 색도 여러 개일 뿐이다. 그곳에서 내 '삶'이 담당하는 '색'의 역할을 나는 하고 있을 뿐이다.

단기적인 목적을 이루고 사는 것은 성취감이라는 보상을 얻으려는 인간의 '놀이' 같은 것이다. 어차피 이루어낸 목적들도 시간 속에 잊힐 일들이다. 인생을 목적과 결과에 놓고 살든 아니든 결국 만나는 것은 죽음이다. 삶, 그저 그 과정을 즐기는 것이야말로 인생을 제대로 사는 것이다.

어느 날, 지하 공중화장실을 갔다. 화장실에는 파리가 바글바글 했다. 평소 '파리가 날리네?'하고 지나가는데 그날은 가만히 생각이 들었다.

'쟤들은 할 일도 없는데 뭐 하러 의미 없이 빙글빙글 돌고 있지?'

그런 생각이 들었다.

'의미 없이?'

내가 말하는 '의미'란 무엇일까?

어릴 때는 시골에서 살다보니 곤충이나 미물들을 자주 봤다. 그때마다 가만히 있는 것들은 드물었다. 그들은 꾸준하게 움직였다. 개미는 아무 이유 없이 앞으로 행진했다. 이 나무 저 나무를 의미 없이 뛰어다니는 다람쥐나 큰 이유를 모르겠으나 아침마다 지저귀는 새들……

'그들을 움직이는 '의미'는 뭘까?'

'인간을 움직이는 원동력은 뭘까?

아무 의미 없이 행동하면 안 되는가? 꼭 목적이나 방향이 있어야 할까? 아침에 눈을 뜨고 아무 의미 없이 서울이나 전주, 충주로 가는 것은 안 될까? 아무 의미나 목적없이 걷거나 뛰면 안 되는 것일까? 우리가 정의하는 '의미'라는 것은 무엇일까? 인생에서 '의미'를 찾는다는 것은 참 고상한 것 같지만 부질없는 것이다. 같은 자리를 빙글빙글 돌고 있던 파리나 나무를 오르락내리락하는 다람쥐나 모두 똑같은 삶과 생명을 스스로 부여받고 시간을 보내고 있다. 수 백 년이 지나면 저 파리와 나 모두 동시대 생존했던 생명체로 묶여 분류될 것이다.

인간만의 특별하다고 생각하지 않는다. 우리도 그들과 같이 단백질을 포함한 수많은 고분자 화합물의 조합일 뿐이다. 조금 더 복잡한 형태의 조합이 덜 복잡한 조합보다 우월하다고 볼 수 없다. 시선의 확대가 지구와 우주에 다다르면 우리는 모두 한낱 미물에 속할 뿐이다.

아기를 키우다 보니 '정적'이라는 시간이 중요하게 됐다. 쌍둥이들은 삶의 축복이지만 어떨 때는 정말 정신이 없게 한다. 항상 차를 타면 습관적으로 음악을 켰었다. 귓속에 아무런 의미가 없는 소음이 채워지는 일이 시간 낭비라고 생각했었다.

어느덧, 정적의 시간은 소중해졌다. 아무 소음이 없는 정적의 시간을 만나면 조금이라도 더 즐기고 싶어진다. 아름다운 음악 소리도 소음이 될 정도로 머릿속에 아무것도 집어넣고 싶지 않을 때가 있다.

명상의 방법 중 하나기도 하다. 가만히 침묵을 경청하는 행위. 일상에서 언제나 얻을 수 있을 것 같지만 쉽지 않다. 뉴질랜드에서 크라이스트 처치로 수 시간을 차를 타고 이동하면 '퀸스타운'이라는 작은 마을이 나온다. 그곳은 자연의 경이로움이 저절로 느껴진다. 문명화된 국가 중 인간 손의 거의 닿지 않았다고 확신할 수 있는 장소를 가진 나라가 뉴질랜드다. 그 나라는 어디서나 '무(無)'를 들을 수 있다. 완벽한 자연의 소리가 당시엔 지루했다.

음악을 켜지 않고서는 지루해하는 우리다. 아무 목적 없이 아무것도 하지 않고 그냥 아무 의미 없이 살아가는 것. 아무것도 듣지 않는 것. 그런 것도 중요하다. 채우기만 하는 일은 이미 차고 넘쳤다. 비우는 연습도 필요하다. 머릿속과 귓속을 비우자. 아무것도 하지 않아도 된다. 그것 또한 부여받은 생명에 전혀 부끄럽지 않은 일이다. 아무것도 잘못되지도 않는다.

예전 친한 친구와 아르바이트를 하기 위해 버스를 타고 이동한 적이 있다. 이동할 때 한 여행객을 만났다. 간단한 인사를 하고 자리에 앉았다. 얼마의 시간이 흘렀을까. 우리는 잠에 들었다. 다시 일어나보니 깨어난 곳은 도통 모르는 곳이었다. 그곳에서 우리는 길을 헤매게 되었다. 헤매다보니 버스에서 만났던 여행객들을 다시 만나게 되었다. 반가운 마음에 가벼운 인사를 했다. 우리는 가려는 목적을 달성하지 못하고 다시 시내로 돌아갔다. 돌아가는 버스에서 우리는 다시 그 여행객을 만났다. 기분이 묘했다. 우리는 목적에 실패했지만 그들은 목적을 달성했다. 같은 버스를 타고 같은 풍경을 보고 같은 시간을 보냈다.

의미를 두고 있던 두고 있지 않던 우리가 하는 행동들은 생각했던 계획이나 목표에 도달하기도 하고 도달하지 못하기도 한다. 잘못된 목적지에 도착하기 위해 버스에서 잠든 것도 아니다. 길을 헤매기 위해 잠에 든 것도 아니다. 만약 우리가 여행객과 같은 입장이었다면 우리는 목적에 달성했을 수도 있다. 애초에 아무것도 하지 않고 돌아오는 것이 목적인 이들도 있다. 우리도 그럴 수 있다.

목적을 두고 행동한다고 하더라도 언제나 우리가 원하는 데로 흘러가지 않는다. 우리가 실패한 그 길이 누군가의 목적일 때도 분명히 있다. 때문에 우리는 실패한 것이 아니다. 누군가의 목적을 달성 했을 뿐이다.

세차게 흐르는 강물을 거슬러 헤엄치고 싶다면 강물의 세기만큼이나 더 강한 힘을 들여야 겨우 원하는 방향 거슬러 간다. 하지만 강물의 방향이 내가 가고자 하는 방향과 같다면 가려는 목적지까지 수배, 수십 배 빠르게 이동할 수 있다. 어쩌면 아무 행위를 하지 않고도 이동할 수도 있다.

우리가 강박적으로 가진 목적지라는 곳에는 무엇'이 있다고 확신하고 있는가. 그토록 목숨을 걸만한 일일까. 고작해야 더 큰 먹잇감이나 좋은 장소일 뿐이다. 하지만 강물이 이끈 곳에 더 큰 먹이와 더 좋은 장소가 있을 수도 있다.

사람 일은 모른다. 의도치 않은 곳에서 행운과 기회를 만나는 경험은 누구에게나 있다. 무지는 불필요한 에너지를 소모하게 한다. 단지 조금 알기 때문에 그 방향으로 흘러가고 싶어 발버둥 칠뿐이다. 빗물이 하늘에서 땅으로 내리고 나뭇가지가 바람에 흔들리는 것처럼 자연스럽다는 것 자체는 모순 없다는 것을 말한다.

아무도 바람을 견디라고 강요하지 않았다. 바람을 타고 흔들거리는 것은 자연스러움이다.

'길의 문제가 아니다.'

인생의 대부분은 그렇다. 불만하고 있는 일들은 어쩌면 원하는 삶에 비교하기 때문이다. 원하는 삶은 항상 지금보다 나은 삶이다. 불만이 생길 수밖에 없다. 원하는 삶을 쫓다보면 인생 전체가 불행으로 뒤덮인다. 얼마나 풍족하던 관계없이 매 순간 불행하고 불만스러운 삶을 살 게 된다.

젊어서 고생은 사서도 한다. 붓다는 왕자의 신분을 내려놓고 일부러 고행을 택했다. 인생은 지금을 '상대'로 표현한다. 그 때문에 지금을 좋게 평가하기 위해서 더 나쁜 비교 대상이 필요하다. '그때에 비하면 얼마나 천국인가'

이를 느끼기 위해서 우리는 고생을 어느 정도 소유해야한다. 당신이 지금 힘들다면 그 비교대상을 만들고 있을 뿐이고 행복하다면 비교대상을 잘 만들었기 때문이다.

겉돌고 있다고 좌절하지 말자
지금은 단지 토양을 가꿀 때일 뿐이다

수확의 첫 단계는 씨를 뿌리는 것이 아니다. 그에 앞서 토양을 가꾸어야한다. 좋지 않은 토양이라면 아무리 좋은 씨를 뿌린들 좋은 곡식이 자랄 리가 없다. 수억 부자가 되는 일도 좋은 직업을 가지는 일도 좋은 인연을 만나는 일도 그렇다. 지금 당장 수확에 도움 되지 않는 일을 한다고 생각해서는 안 된다. 이는 씨를 뿌리기 전, 좋은 토양을 가꾸고 있는 일이기 때문이다.

좋은 토양에서는 적은 노력으로도 많은 수확을 얻을 수 있다. 모든 상황을 긍정적으로 바라보는 마음, 세상과 주변에 감사하는 마음 그런 마음을 연습하는 지금은 허송세월을 보내는 시기가 아니다. 마음속 토양을 가꾸는 시기다. 조급해하지 말고 천천히 마음에 토양을 가꾸어 적절한 시기에 씨를 뿌릴 준비를 해야 한다.

떠돌이 생활이나 정착하지 못하는 삶은 실패한 삶이 아니다. 요즘 '지식 노마드'나 '디지털 노마드'처럼 '노마드'라는 말이 유행한다. '노마드(Nomad)'는 우리말로 '유목민'을 이른다. 유목민은 쉽게 말해 가축을 방목하기 위해 목초지를 찾아다니는 민족을 말한다. 그들은 정착하지 못하는 것이 아니다. 정착하지 않을 뿐이다. 건조지대나 초원 혹은 반사막지대 등 비교적 척박한 땅에 거주하며 터를 잡고 뿌리를 내리지 않는다. 대신 언제든 자유롭게 이동하며 생활한다. 그들이 생활하는 초원지대는 비가 오지 않기 때문에 농사를 지을 수 없다. 그런 척박한 환경은 그들을 강하게 만들어 주고 세상을 움직이는 중심이 되게 했다.

기원전 7,000년 전 인류는 수렵, 채집 경제에서 곡류를 재배하고 가축을 사육하는 농업 혁명을 이루었다. 호모사피엔스는 수렵이나 채집하기 위해 더 나은 장소로 이동할 필요가 없어졌다. 항상 알지 못하는 미지의 세계로 이동하는 것은 호모 사피엔스에게 두려움이고 위험한 일이기도 했다. 무턱대고 이동한 곳이 채집이나 수렵이 불가능한 곳일 수 있다는 불안감을 호모 사피엔스는 정착을 통해 해소했다.

이동에 용이하게 하기 위해 언제나 소유를 최소화하고 무장을 생활화하며 미지의 세계에 대한 두려움을 극복해야 하는 정착하지 못한 유목민들은 '농업혁명'을 이룬 다른 민족들에 비해 척박한 환경을 전전하고 살았다. 그런 기간이 오래되다 보니 인류는 '유목민'과 '농경민'으로 나누어졌다. 안정적인 생산이 가능하고 미래에 대한 대비가 가능한 농경민은 소유의 개념을 가졌다. 움집이 아닌 주택을 짓고 집 안에는 내년이나 내후년에도 먹을 수 있는 곡식을 비축했다. 토기와 도구들을 소유해 갔다. 가진 것이 많으면 잃을 것도 많아지게 된다. 그들은 많이 가지는 대신 잃을지도 모른다는 불안감을 갖게 되었다. 이제 유목민과 농경민 둘 다 불안감을 갖게 되었다.

더 많은 농지를 갖고 더 많은 소유를 하는 부유층과 작은 농지를 갖고 작은 소유를 하는 중산층이 생겼다. 아무것도 없이 그들을 돕는 노동층도 생겼다. 지배층과 피지배층으로 분류되고 소유는 대물림됐다. 계급이 생겼다. 농토만 있다면 혁신이나 개혁이 없더라도 안정적인 소득을 올릴 수 있었다. 그들은 사회가 변하길 바라지 않았다. 그 때문에 사회는 보수적인 사회로 변하게 됐다. 소득의 양극화는 더욱 극심해졌다. 불안감 유목민과 같이 그대로 있고 사회만 변해갔다.

유목민들은 조금 다르다. 항상 이동해야 하므로 더 많은 물품을 갖는 것이 불필요했다. 이동 중 다른 민족이나 야수를 만날 수 있기 때문에 항상 전투태세를 갖춰야 했다. 이동에 용이한 가축을 소유하고 있었다. 그 때문에 언제나 기민하게 움직였다. 계급이 불필요했고 평등했다. 언제나 소비와 생산을 함께 했다. 잉여 생산물을 만들지 않는다.

그들은 농경민족의 상류층에 비해 역동적이고 전투적이었다. 그 때문에 역사를 보자면 농경민족이 대뜸 유목민에게 지배를 당하는 역사가 반복한다. 전 세계의 반을 소유했던 몽골 민족이 그랬다. 중국 역사상 가장 큰 영토를 차지했던 청나라의 여진족도 유목민이다. 진시황제는 흉노족을 막기 위해 만리장성을 쌓아야 했다.

고대의 역사가 유목민들의 지배 역사라면 시간이 지나며 '섬나라'의 역사가 시작된다. 안정적인 생활을 유지하던 대륙 국가와 배를 타고 돌아다니며 떠돌이 생활을 하던 섬나라는 고대의 농경민과 유목민의 판박이다. 세계의 역사와 문화에서 변방이던 섬나라들은 문명으로부터 고립되기 일쑤였고 빈곤하고 척박했다. 배를 타고 이동하며 유목민처럼 떠돌이 생활을 했다. 그들은 미래에 대한 불안감을 가지고 주변을 경계하고 살았다. 유목민들처럼 비교적 평등했고 소비와 생산이 비교적 함께 이루어졌다. 언제나 기민했으며 기동성이 좋았다. 역동적이고 전투적이었다.

지금까지의 자본주의는 농경민과 같았다. 세세하게 보이지 않는 계급을 만들어내고 세습했다. 부유층은 혁신보다 부의 축적을 원했다. 항상 농경민은 유목민의 지배를 받아왔다. 더 많은 부를 얻었다. 우리가 사는 시대는 바로 그런 시대다.

빗장을 걸어 잠근 세계를 비집고 들어가 휘젓는 역동성이 필요한 시대다. 유목민처럼 안전장치도 없고 미래에 대한 무한한 불안감을 안고 살아가야 한다. 대표적인 농경 국가인 송나라와 명나라는 모두 유목민에게 멸을 당했다. 대표적인 대륙 국가인 중국은 영국과 일본과 같은 섬나라에 침략을 당했다. 지금 세계는 '회사'라는 '농경지'의 틀 안에 노동자들을 모아놓고 함께 수확하여 생산물을 생산하고 잉여물을 쌓아가고 있다.

코로나바이러스로 재택근무나 비대면 서비스가 활발해지는 시기에 농지로 묶여 있던 노동자들은 밖으로 뛰쳐나간다. 이미 미국 밀레니얼의 47%가 프리랜서로 일하고 있고 한국의 프리랜서 비율도 지속해서 늘어나고 있다. 우리는 애플 주식이나 비트코인의 초기 가격 혹은 삼성전자의 주가를 보면서 '먼저 선점했다면 좋았을 걸' 하는 후회를 한다.

세계는 먼저 선점하는 리더가 유목민의 위치와 같은 역할을 해나갔다. 불안함과 척박함을 갖고 시작하지만 그들이 방향이 맞았을 때는 어김없이 그들은 세계를 지배할 영향력을 갖췄다. 부농의 꿈을 갖고 일하는 농경민의 대다수는 부농 밑에서 일하는 노동자의 역할을 벗어나지 못해 생을 마감한다.

로버트론스타트 박사가 미국 밥슨 대학의 MBA 과정을 마친 졸업생들의 사업 성공 여부를 조사했을 때 성공한 사람이 10%도 되지 않는다는 사실을 발견했다. 이는 90%가 더 완벽한 상황을 기다리고 있었다는 뜻이다. 성공한 10%는 완벽하지 않은 상태에서 불안한 마음을 절반 안고 시도를 한 사람들이다. 인플레이션도 따라잡지 못하는 임금상승률에 만족하며 자신의 미래와 가족의 미래를 저당 잡는 현재의 자본주의에서 어쩌면 정착하지 않은 유목민의 삶이 더 현명할지도 모른다. 정착하지 않았다고 불안해 할 필요는 없다.

산은 산이오, 물은 물이로다

모른다고 그 세계가 없는 것은 아니다. 밤에 태어나고 죽은 아이에게 세상은 태어나보니 어두운 곳이었다. 낮에 태어나고 죽은 아이에게 세상은 밝은 곳이었다. 세상은 밝지도 어둡지도 않다. 밝기도 어둡기도 할 뿐이다.

불과 몇 시간만 더 기다렸다면 어두운 곳에서 태어난 아이는 밝은 세상을 맞이했다. 불과 몇 시간만 더 기다렸다면 어두운 곳에서 태어난 아이는 밝은 세상을 맞이했다. 각자의 아이에게 세상은 '어둡거나 밝거나'로 기억될 것이다. 조금 더 살았던 아이에게 어둡고 밝고는 문제가 아니다.

여름에 태어나고 죽은 아이는 겨울을 모르고 겨울에 태어나고 죽은 아이는 여름을 모른다. 무지와 지의 차이는 시간이 가장 큰 역할을 하고 있다. 지구과학 시간에 지동설을 배우지 않았다고 지구가 태양을 돌지 않는 것은 아니다. 콜럼버스가 신대륙 발견하기 44억 년 전 미대륙은 이미 그 자리에 있었다. 무려 유럽대륙보다 4배나 크게.

자신이 발견했다고 떠들고 다니기에는 무지가 부끄럽다. 대부분의 과학이나 기술은 이미 자연에 존재하던 것들을 단지 발견했을 뿐이다. 지금 찜통더위 속에 있지만 앞으로 내릴 '눈' 조차 이미 존재한다. 그 형태와 시간, 장소가 다를 뿐이다. 나의 20대는 그런 무지의 순간이었다. 30대가 오지 않을 것 같다는 무지함으로 하루하루를 보냈다. 오늘이라는 필연이 마치 없으리라 생각하고 보냈다. 지나서 온 기억만 머릿속 물컹거리는 뇌라는 단백질 덩어리에 심어 놓았을 뿐이다. 핵과 시냅스로 구성된 화학작용이 단순하게 '그곳에 사물이 있다. 없다.'로 구분하게 했다. 그렇게 30년을 살았다.

스피노자가 인간을 비롯한 모든 유한한 사물은 그 본질이 있다고 했다. 그 뜻으로 사용한다는 '코나투스'를 이제야 깨닫는다.

'산은 산이오. 물은 물이로다.'

그냥 있어 보이기 위해 존재할 거로 생각했던 짧은 문장이 담고 있는 철학을 모르고 지냈다. 같은 시기 많은 사람은 그것을 깨우쳤다. 아버지는 나를 농장이 보이는 공터로 데려가셨다. 그리고 말하셨다.

'인간은 자신이 겪은 것 외로는 알 수가 없단다.'

'산은 산이오. 물은 물이다.'

사물의 본질을 보는 것이 중요하다. 20대에 클럽에서 일하며 일주일에 400불씩 받았다. 남들은 놀고 춤추는 공간에서 같은 땀을 흘리고 같은 음악을 들으며 나는 노동을 하고 있었다. 괴롭던 노동은 생각을 바꾸니 신나는 놀이가 되었다. 1년의 시간 동안, 놀면서 돈을 벌었다. 학생을 가르치는 일 또한 노동의 시간이다. 하지만 잘난 척 할 수 있는 보장된 시간이기도 했다. 마음껏 잘난 척했다.

노동과 놀이는 둘 다 본질이다. 선과 악도 둘 다 본질이다. 하나의 물체는 보기에 따라 위와 아래가 있고 측면과 정면이 있다. 모든 것들이 본질이다. 미워하는 사람도 바라보지는 못한 방향에는 좋은 측면이 있다. 싫어하는 음식도 바라보지 않은 부분을 찾아보면 맛있는 음식이다.

바라본 세상만 오직 존재한다고 믿던 무지는 지금도 누구에게도 계속된다.

'산은 산이오. 물은 물이로다.'

나는 멀로 이루어져 있을까?

그런 생각을 가끔 해 볼 때가 있다. 내가 웃는다고 하면 웃음의 정의는 어디를 기준으로 두어야 할까? 눈꼬리가 올라갔을 때? 혹은 입꼬리가 올라갔을 때? 그것도 아니면 성대를 통해서 웃음소리가 새어 나왔을 때? 웃음의 정의는 정확하지 않지만 이런 생각은 망상을 키워나간다.

웃음이라는 행위를 하면 우리 몸에 긍정적인 진행이 생긴다. 그것이 과연 어느 곳에 영향을 미칠 것인가? 부정적인 생각을 하면 우리 몸에 부정적인 진행이 생긴다. 그것이 과연 어느 곳에 영향을 미칠 것인가?

호흡을 할 때 코를 이용한다. 하지만 입으로 가능하다. 피부로도 가능하다. 기억은 뇌가 관장하지만 혈액이나 다른 세포들도 기억한다. 우리의 몸은 컴퓨터의 장치처럼 서로의 역할을 확실히 나누고 있지 않다.

나의 손가락도 숨을 쉬고 손가락도 기억한다. 피부는 추위를 느끼지만 눈도 추위를 느끼고 혀도 추위를 느낀다. 우리의 몸은 각기 특수한 기능을 관장하지만 기능을 공유하기도 하는 하나의 유기체다.

앞서 말한 웃음에 대한 이야기는 '언니, 내가 남자를 죽였어.'라는 소설의 한 구절이다. 그 구절은 웃음에 관해 이야기했다. 그 표현이 참 기발하다.

'발끝까지 웃는다.'

우리가 웃을 때 안면 근육뿐만 아니라 발가락이나 손톱도 미세하게 남아 웃고 있다. 근육세포, 지방세포 하나하나가 웃는다.

이제 막 세상의 빛 본 아이들의 입에 분유 회사가 만들어 준 분유 가루 한 숟갈과 물을 섞어 아기 입에 넣어 주면 아기는 쑥쑥 성장해간다. 꼬물꼬물 작은 생명체가 인간의 모습이 되어간다. 신기하게도 아이는 작은 손톱을 만들고 머리카락을 만든다. 우리가 먹은 것이 우리를 구성한다.

그것은 어른도 마찬가지다. 어제 먹은 수박이 머리카락이 되고 손톱이 된다. 오늘 먹은 미역국이 침이 되고 각질이 된다. 우리를 이루는 것은 세상의 음식들이다. 나는 무엇으로 이루어져 있는가?

뉴스 보지 않기

　언제부턴가 뉴스나 신문을 보는 것이 지적인 일처럼 여긴다. 뉴스를 보는 사람들은 보지 않는 사람에게 세상 흘러가는 건 알아야 한다고 한다. 시사를 상식과 연관 짓고 '시사상식'을 지성인으로서 꼭 갖춰야 할 요소라고 말한다. 물론, '시사상식' 중요한 요소다. 그러면 '역사 상식'은? '과학상식'은? '음악 상식'은? 시사상식은 여러 가지 관심사 중 하나일 뿐이다.

　며칠 전, 핸드폰으로 웹툰을 보고 있는 아들을 다그치는 아버지를 본 적 있다. 그 아버지는 아들이 보는 웹툰이 쓸데가 없다고 했다. 또한 시사 뉴스를 보라고 다그쳤다. 웹툰은 쓸데가 없고 시사 뉴스는 쓸데가 있을까?

　혹시 말레이시아 여객기가 실종됐다거나 우크라이나 사태 혹은 재벌기업 회장의 황제 노역 논란, 오바마 대통령의 아시아 순방 등 지난 몇 년간 우리를 휩쓸었던 시사 상식들은 당신에게 과연 얼마나 쓸데가 있었나?

'뉴스'의 사전적인 의미는 '새 소식'일 뿐이다. 얼마나 새 소식을 많이 알고 있는가로 상식이 풍부한 사람 구분할 수 없다. 더 중요한 정보는 오래된 소식에 있다.

뉴스는 경쟁 미디어가 증가하고 매체가 다양해지면서 광고주 의존도가 높아졌다. 이는 공정성에 위해가 된다. 정해진 지면과 방송 시간을 채우기 위해, 발제, 취재, 마감을 반복한다. 그러다 보면 매너리즘에 빠진다. 쫓기듯 기사를 작성하면 깊이가 줄어든다. 협찬금 지급에 대한 유혹에 벗어나기도 쉽지 않다. 언론사와 기자는 쏟아지는 사건 사고와 논쟁거리를 확보하기 위해 '새로운 사건'을 단 몇 분, 늦어도 몇 시간 안에 판단해야 한다. 한 사안을 두고 깊고 토론하거나 자문할 시간적 여유가 없다.

현장의 취재기자보다 데스크의 의견이 더욱 크게 작용한다. 일정 분량을 채우기 위해 특별한 고민보다 기존에 짜여 있는 형식과 뼈대를 이어 작성한다. 100년이 넘은 사건을 두고도 해석과 견해의 차이가 생긴다. 하물며 어제 발생한 사건을 올바르게 판단할 수 있을까?

반면, '오래된 소식'은 그와 정반대이다. 광고주 의존도가 비교적 낮다. 마감 시간에 쫓기지 않는다. 오랜 시간 다양한 자료를 가지고 비교 분석 할 수 있다. 다양한 사람들의 의견을 듣고 깊은 토론과 자문을 얻을 수 있다. 여러 차례 반복적으로 퇴고하고 객관화된 자료를 내놓을 수 있다.

우리는 쫓기듯 쓰인 글을 보며 쫓기는 듯 한 감정을 갖는다. 항상 불안해하고 그 불안감을 해소하기위해 더 자극적이게 흥분시킬 다음 기사를 기다린다.

엘리베이터에서도, 화장실에서도, 밥을 먹을 때도, 누군가를 기다릴 때조차 사람들은 포털 사이트에 올라오는 실시간 검색어와 뉴스를 계속 '새로 고침'

한다. 새로운 뉴스거리를 찾아 돌아다닌다. 새로운 먹이거리를 발견하면 벌떼처럼 달려드는 좀비들처럼 영혼도 없이 물어뜯기 위해 새로운 이야깃거리를 찾아 온라인을 서성거린다.

그렇게 얻게 된 지식이 자신에게 오래 머무를 상식이라고 착각한다. 정제되지 않은 정보는 걸러지지 않고 나의 머릿속으로 흡수된다. 정보를 정제하는 방법은 적당한 시간을 들이는 것이다. 충분한 시간 속에 정보는 깨끗하게 정제된다. 정보는 새로 고침 화면 속 뉴스거리가 아니라 '책' 속에 담겨 있다.

흐름을 아는 것은 물론 중요하다. 하지만 시냇물의 이끼가 흘러가는 것까지 모두 쳐다볼 필요는 없다. 강물이 어느 지점으로 흐르는지 알고 싶다면 큰 흐름만 알면 된다. 큰 흐름은 매일 주어지는 뉴스에서 얻을 수 없다. 나무를 보다 보면 숲을 놓치는 경우가 있다. 중요한 뉴스는 매 순간 찾지 않는다. 중요한 뉴스를 선별해 내고 정제된 정보를 얻기 위해선 독서를 해야 한다.

뉴스를 보는 행위를 멋있게 포장하려 해서는 안 된다. 이는 어린이가 만화영화를 보는 것, 청소년이 게임을 하는 것처럼 기호이고 취미일 뿐이다.

의사가 진료를 잘하고 정치가가 정치를 잘하고 작가는 글을 잘 쓰고 군인은 국방에 충실하면 그것이 좋은 나라다. 모든 사람이 자신이 해결할 수 없는 시사 사건들에 목을 매는 일보다 직접 행동 가능한 자신의 역할부터 충실 한 것이 애국이다.

100리 밖 어느 마을에서 일어난 폭발사고나 멀리 떨어진 다른 도시에서 일어난 살인 사건, 알지 못하는 사람들의 다툼 이야기에서 벗어나 자신의 삶을 살피자. 모든 것을 신경을 쓰려 하지 말자. 메뚜기 교미하는 것도 신경 쓰고 까치 날아가는 것도 신경 쓰고 지렁이가 기어가는 것도 신경 쓰는 것만큼 무의미한 일이다. 멀리 떨어진 공간보다 자신의 주변에서 우리의 관심을 해야 하는 것들이 있다.

나의 상대적인 행복도는 뉴질랜드에서 한국으로 오면서 상당하게 줄었다. 그 이유는 여러 가지가 있지만 가장 큰 이유 중 하나는 뉴스 때문이라고 생각한다. 해외에서 생활하는 동안 뉴스를 전혀 보지 않은 것은 아니다. 스마트폰도 없었고 인터넷도 느린 환경에서 뉴스를 보는 것보다는 차라리 책을 읽거나 영화를 보는 편을 택했다.

자연재해, 사건, 사고 등 커다란 이슈가 되는 것은 굳이 매일 찾아보지 않아도 알게 된다. 사람들은 세상 불필요한 정보를 너무 많이 받아들인다. 본인에게 필요한 정보를 받아들여야한다. 300리 먼 곳에서 일어난 살인사건이나 사기, 연예계 사건사고에 대에서는 빠짐없이 받아들이면서 정작 함께 있는 주변인들의 감정은 외면한다.

뉴스는 좋은 이야기를 해주지 않는다. 자극적이고 강한 이야기만을 들려준다. 그리고 이를 사람들의 입에 오르내리기를 기대한다. 연쇄 살인마의 살인 동기나 살인 기법에 관심을 둔다. 지금 이 순간에도 세상을 위해 좋은 일을 하거나 좋은 영향력을 끼치는 인물의 노하우나 방법은 뉴스에 1면으로 나오지 않는다. 우리는 부정적인 것들을 학습한다. 긍정적인 것들은 뉴스는 학습 시켜주지 않는다.

그래서 나는 뉴스를 끊었다. 세상 나와는 전혀 관련 없는 일거리로 나의 판단력을 흐리고 싶지 않다. 나와는 전혀 연관 없는 인물들의 사건 사고로 나의 소중한 하루의 기분을 망칠 수는 없다.

우리의 뇌는 같은 양의 정보만 처리할 수 있다. 필요 없는 스트레스를 인위적으로 주입할 필요는 없다. 유튜브에 'Drive Countryside'라고 치면 상당히 많은 영상이 나온다. 지구상에 존재한다고 존재만 알던 나라의 구체적인 도로가 나온다. 그린란드 시골의 도로 풍경 혹은 영국, 퀘백, 노르웨이, 아프리카, 필리핀 시골의 도로 풍경도 나온다.

　예전 뉴질랜드에서 생활할 때 도로 풍경이 생각이 난다. 만약 그때 내가 도로를 보지 않고 스마트폰 화면을 보고 있었다면 나는 지금 무엇을 기억하고 있을까.

SNS를 하지 않습니다

이상한 카카오톡이 전송되었다. 해외에서 온 카카오톡이라는 표시의 사람은 나에게 대뜸 나의 정보를 읊었다.

"○○씨죠? ○○년생, ○○대학을 다녔고 ○○에 취업해서 매니저 일을 하셨고요. 당시에 사장님 이름은 ○○이시죠?"

"네? 누구세요?"

상대는 나에 대해서 더 많이 안다는 듯이 말했다.

오클랜드에서 ○○를 만난 적이 있으시고 ○○와 친구잖아요."

소름이 끼쳤다. 카톡을 보낸 사람은 자신의 사정을 말하며 내가 아는 사람에 대해 물어보기 위해 카톡을 했다고 했다. 별일 아니었지만 참으로 당황스러운 일이었다.

내 정보를 어디서 알았냐고 물었다. '페이스북'이라고 했다. 정말 소름 끼치는 일이었다. 그날 뒤로 페이스북을 하지 않는다. 하지만 페이스북을 탈퇴할 수는 없었다. 페이스북은 가입은 쉽지만 탈퇴는 어렵다.

그날이 오기 전까지 나는 페이스북 중독자였다. 페이스북에 올라오는 정보를 새로 고치면서 읽고 주변 친구들의 근황을 모두 보았다. 그 엄청난 사건 하나가 나를 디지털 미니멀리즘으로 만들었다.

뉴질랜드에서 생활하다 보면 그냥 유튜브로 간단한 동영상 몇 개씩만 보더라도 한 달에 인터넷 비용이 30만 원 가까이 나온다. 그런 충격적인 인터넷 환경 속에서 인터넷은 가장 필요한 순간에만 사용하는 생활을 했다.

그때는 머릿속이 또렷하고 생각을 조절할 수 있었다. 하지만 한국에 와서부터 150만 원에 육박하는 휴대폰을 사고 싶었던 나는 통신사 대리점을 찾아갔다. 그날 돈 10원 없이 고가의 핸드폰을 들고 나왔다. 마법 같은 일이었다. 돈 한 푼 없이 고가의 핸드폰을 언제든지 살 수 있었다.

친구들과 연락하는데 항상 20불씩 문자를 충전했던 문자 서비스를 바보처럼 만든 카카오톡도 신세계였다. 핸드폰에 앱만 들어가면 모두가 공짜 투성이다. 이렇게 공짜들이면 개발자들은 도대체 무엇으로 먹고사는 거지?

스마트폰은 들고 다니는 광고판이다. 사용자에게 사용료를 받는 것이 아니라 사용자에게 서비스를 무료로 제공하고 광고주에게 광고비를 받는다. 이를 주의경제라고 한다. 주의경제는 현재의 구독 경제와 더불어 현대인들을 현대판 노예로 전락시킨다.

우리는 현명하게 필요한 정보들을 사용한다고 생각하지만 무자비한 마케팅에 현혹되고 있다. TV를 켜면 수백억이 들어간 드라마를 공짜로 관람가능하다. 오랜 기간 준비한 스마트폰 앱도 공짜로 이용가능하다. 그것을 스스로 자제할 수도 있다고 착각한다. 하지만 우리는 그것을 컨트롤 할 수도 없다. 화장실에 앉아 있는 순간부터 잠드는 순간 머리맡까지 광고판은 우리를 마케팅적인 각성 상태로 만들어 놓는다. 간단한 알고리즘으로 핸드폰 사용자의 성향까지 파악하여 성향에 맞는 광고를 끊임없이 노출하는 집요함도 있다.

스마트폰을 이용하여 스마트한 삶을 살고 있는가? 네이버에는 가장 중심이 되는 자리에 뉴스를 만들어 놓는다. 그리고 그 오른쪽으로 실시간 검색 순위를 올려놓는다. 주의경제의 핵심은 얼마나 사용자가 그 플랫폼에 머물러 있게 하는 지이다. 오래 머물수록 광고주들의 광고가 들어온다. 자극적인 뉴스 기사를 클릭하게 되고 관련 검색어를 눌러 파도처럼 타고 타들어 간다. 최초에 핸드폰을 왜 켰는지 이유도 모르고 사회가 세뇌하길 바라는 이슈들을 강제적으로 접한다. 그러다보면 어느새 우리는 그 플랫폼에 1분이고 10분이고 1시간을 쏟아 넣는다.

인간은 기본적으로, 호기심이 많은 동물이다. 아무것도 없는 방에 빈 통과 공을 주면 열에 아홉이 공을 들어 그 통에 던져놓는다고 한다. 그 행위에는 목적이라는 것에 대한 강박을 스스로 해소하는 것이다. 그저 비어있는 시간을 채우는 간단한 자극이다. 그 자극을 잘 활용할 수 있는 도구는 스마트폰이다. 버스를 기다리는 시간, 식당에서 음식을 기다리는 시간, 친구와 약속 장소에 먼저 나와서 기다리는 시간, 그 시간에 어김없이 핸드폰을 들여다본다.

인생에는 목적이 없다. 인생은 결국 '태어나 버림'과 '죽어버림' 사이의 공백을 채워 넣는 일일 뿐이다. 거기에는 어떠한 목적을 달성해야 할 의무도, 이유도 존재하지 않는다. 빈 통에 공을 집어넣는 것처럼 '목적'을 달성의 성취감 놀이일 뿐이다. 그 놀이를 잘 이용하기 때문에 페이스북, 구글 등의 회사는 세계적인 기업이 됐고 네이버와 다음은 한국 최고의 시가총액의 기업 중 하나가 되었다. 그들이 제공하는 서비스를 더욱 쾌적하게 해주는 하드웨어를 생산하는 삼성전자는 더욱 세계적인 기업이 되었다.

삶을 살아가다 보면 혼자만의 시간을 가질 때가 간혹 있다. 군대 있을 때가 그랬다. 운전병으로 운행을 마치면 일과시간 8시간 중 6시간을 책밖에 없는 휴게실에 대기해야 할 때가 있었다. 경치 좋은 곳에서 가만히 창밖을 내다보고 있으면 내 귀에는 고독의 소리가 들린다.

옆에서 항상 누가 떠드는 소리를 듣기 위해 누군가가 나를 부르지 않을까 하는 적당한 긴장감을 모두 배제하고 물 흘러가는 소리와 새가 지저귀는 소리만 듣고 있으면 교감과 부교감 신경이 적당히 균형을 이루며 마음이 차분해진다. 옷장을 정리한다. 신발을 정리한다. 식사 시에 내가 만들어내는 소리에 귀를 기울인다.

20년 전 마지막으로 봤던 친구 딸의 100일을 축하하면서 앞에 앉은 내 딸에게 시선조차 마주치지 않는 것이 과연 제대로 된 삶일까?

재밌는 망상을 해본다. 400만 전, 최초 인류에게 스마트폰을 주고 그것을 이용할 환경을 조성해 주었다면 우리 인류는 지금 얼마나 발전해 있을까? 아마 모두가 아무런 주변에 호기심 없이 넷플릭스와 유튜브를 보면서 밤늦게 잠자리에 들었을 것이다.

스마트폰은 우리의 삶을 편리하게 해주는 좋은 기기이다. 하지만 절대로 그 주도권 싸움에서 져서는 안 된다. 우리가 주인이다. 그들이 상처 날까 봐 액정 보호필름을 붙이고, 긁힐까 봐 휴대전화기 커버로 잘 감싸 놓는다. 하지만 더 위험한 상황 속에서 나는 방치해둔다.

되고 안 되고는 '신'의 영역이고 하고 안하고는 '나'의 영역이다

다음 학기를 지불할 능력이나 대책도 없이 유학을 떠났을 때도 그들은 그랬다. 구글에서 무작정 바이어 메일을 찾아다가 수출을 성사시킨다고 했을 때도 그들은 그랬다. 새로운 상황으로 도전할 때, 그들은 항상 발목을 잡는 '말'을 한다.

'그게 말처럼 쉬운 게 아니다.'

'해도 안 될 일이다.'

'허황한 생각을 하고 산다.'

그들의 조언이 맞을 확률은 상당히 높다. 10번 중 9번은 보통 그들의 말이 옳다. 무언가를 해보려고 할 때 그것이 되는 일보다 되지 않는 경우가 훨씬 많다. 맞출 확률이 높아서 그들은 자신의 예측력을 신뢰한다. 아마 더욱 강력하게 '안 된다'를 주장한다.

하지만 되고 안 되고는 신의 영역이고 하고 안 하고는 나의 영역이다. 나는 신의 영역에 개입할 수 없고 신도 나의 영역에 개입할 수 없다. 내가 당장 물을 마실지, 자리에 드러누울지, 갑자기 소리를 칠지는 신보다 내가 더 잘 안다.

'되던지, 말든지' 나의 영역인 '하는 일'에나 신경 쓸 뿐이다. 10번에 9번이 안 되더라도 그중 한 번의 예외가 가져다주는 새로운 세계를 믿는다. 그런 일은 살면서 숱하게 겪었다. 부정적인 사람들은 본인의 예측력을 자부한다. 예측 확률은 언제나 '안 된다.'고 규정할 때 높아진다.

그런 이야기는 한 귀로 흘려보내도 좋다. 하지만 그들을 무시하거나 나보다 열등한 것은 아니다. 다양성을 존중하자.

'저런 사람도 있구나!'

그러고 나면 그만이다. 우리가 신의 영역을 개입하려 들 때 번뇌가 따른다. '1등이 되고 싶다'는 신의 영역에 개입하고자 하는 일이다. '1등이 되고 안 되고는 신의 영역'이고 다만 나는 노력할 뿐이다.

가끔 자신의의 영역을 놓치고서 신의 영역만 개입하려는 때도 있다. 하지 않으면서 되려는 것들. 우리는 그것들을 조심해야 한다. 사이비 종교나 잘못된 믿음들이 그렇다. 나는 하지 않고 신이 이루어주길 바라는 마음을 조심하자. 살면서 도전하려는 많은 일에 자신의 예측력을 대입해보려는 사람들이 있다. 그들에게 말한다.

'나도 알고 있다. 당신들의 예측이 맞을 것이다. 하지만 나는 다만 할 뿐이다.'

두려워도 괜찮아

두려움은 꼭 부정적인 역할만 하지 않는다. 우리 조상들의 DNA는 어두운 밤, 우리를 해치려는 야수를 지키기 위해 기민하게 반응했다. 높은 언덕에서 떨어지지 않기 위해 공포라는 감정이 유용했다. 뜨거운 불에 데지 않기 위해 그것들은 적절한 조처를 해줬다.

동물적인 감정에 조금 둔감한 사람들이 간혹 어두운 밤에 야수를 피해 활동하기도 했다. 높은 언덕을 오르기도 했고 불을 활용하기도 했다. 그런 무모한 사람들 덕분에 우리는 어두운 밤을 다닐 수 있게 됐고 높은 곳도 올라갈 수 있게 됐다. 불의 활용 가능했다.

그들은 남들이 먹어보지 못한 열매를 열매들을 먹어봤다. 그 열매가 맛이 있으면 그들은 열매의 독점권을 행사했다. 재화와 권력을 얻었다. 하지만 열매가 독이 있으면 그들은 생명을 잃었다. 넓은 의미에서 그들은 그것이 독이

든 열매인지, 밤에 야수가 나오지는 않는지, 높은 언덕은 안전한지 알 수 없었다. 다만 먼저 해보고 깨달았을 뿐이다. 공포에 무딘 사람들은 리더가 되곤 한다.

오늘날, 어떤 버섯이 독버섯인지 아닌지를 구별 가능한 것은 수많은 사람들이 독버섯에 의해 희생당했기 때문이다. 용감한 사람들은 금방 생명을 잃었다. 누군가는 남들이 먹어보지 않은 버섯을 먹는 위험을 감수해야 했다.

게 중에는 성공한 경우도 있지만 대다수는 목숨을 잃었다. 무모하다면 모두가 성공하는가? 확실한 것은 성공한 대부분의 사람은 다소 무모해 보일 정도의 모험심을 갖고 있었다는 사실이다. 하지만 무모한 사람이 모두 성공한다는 등식은 성립하지 않는다. '적자생존' 이라는 말이 있다. 그 환경에 적맞는 것만 살아 남는 다는 것이다. 결국 강한자가 살아 남는 것이 아니라 살아남는 자가 강한 것이다. 어쩌면 두려움이 가득했던 누군가는 용기가 가득했던 누군가 보다 강한자 였을 지도 모른다.

100개의 버섯 중 어떤 버섯이 독버섯인지 먹어보는 것은 단순한 확률 게임이다. 조금 더 영리한 사람은 주변 사람들에게 정보를 묻고 다닐 것이고 그보다 더 영리한 사람은 나이가 많은 현명한 노인을 찾아다닐 것이다. 가장 영리한 사람은 자기와 비슷한 호기심이 있던 사람들이 남겨놓은 기록을 찾아볼 것이다.

우리에게 알려지지 않은 실패한 사람은 훨씬 더 많다. 우리가 영광에만 눈을 돌리기 때문에 그렇지. 사실 성공한 한 사람 뒤에는 생명을 잃은 수 만명의 사람이 있다. 그들을 흉내 내다 보면 언제나 영광을 맛볼 수 있을 거라 믿는다. 하지만 무모함 뒤에 따라오는 쓸쓸함은 생명을 앗아갈 만큼 처참하다. 이는 온 가족과 주변을 위험에 빠뜨리기도하고 평생을 고통에서 살아가게 하기도 한다.

이 모든 것은 모두 '확률', 이라고 부르는 '운' 때문이다. 먹고 죽을 수도 있고 아닐 수도 있다. 우리는 그것을 예측할 힘도 능력도 없다. 먹고 내가 죽는지 죽지 않는지는 다만 하늘이 결정할 일이다. 우리가 걱정할 몫이 아니다. 우리가 할 수 있는 일은 다만 그 버섯이 독버섯인지 아닌지를 알아내는 일에 확률을 높일 뿐이다. 어차피 먹을 버섯이라면 최선을 다해 공부해라. 걱정하고 있다면 지금 당장 그것을 그만두어라. 두려움은 포기를 만들기도 하지만 성장을 만들기도 한다.

촌놈이면 촌놈답게

산속에는 토끼도 살고 곰도 살고 호랑이도 산다. 여러 종류의 동물이 살아갈 뿐이다. 토끼가 호랑이가 되려고 노력한다고 토끼는 호랑이가 되지 못한다. 이는 신에게 얼마나 간절하게 비느냐 혹은 얼마나 열심히 노력하느냐의 문제가 아니다. 애초에 토끼로 태어났으면 호랑이는 될 수 없다.

우리는 태어나면서 태생적으로 어떤 장단점을 갖고 태어난다. 우리 스스로가 토끼로 태어났을 수도 있고 호랑이로 태어났을 수도 있다. 토끼는 용맹스러운 호랑이를 부러워하고 호랑이는 귀여운 토끼를 부러워할 수도 있다.

우리 모두는 각자가 가진 태생적인 장단점을 이해해야한다. 다만 좋아 보이는 남들의 장점을 배울 것이 자신의 발전이 아니다. 스스로 가진 장점을 강화하고 약점을 보완해 가는 것이 중요하다. 가장 중요한 것은 내가 누군지를 알고 인정하는 일이다.

내성적인 사람이 TV의 호방한 사업가를 보며 그들을 흉내 낼 필요는 없다. 자신이 내성적인 사람은 태생적으로 갖고 있던 장점을 어떻게 이용할지를 연구하는 편이 훨씬 더 현명하다. 밖으로 나가서 에너지를 받는 사람과 혼자만의 시간을 가지며 에너지를 충전하는 두 부류가 있다.

굳이 따져보자면 나는 후자에 속한다. 아무리 친한 친구를 만난다고 하더라도 친구의 얼굴을 보는 일까지 에너지 소모가 심한 일로 분류하곤 한다. 폐쇄적인 인간관계를 얻는 것에 대해 불안한 마음도 있을 수도 있다.

아마 나와 같은 성향의 사람이 있을 것이다. 내성적인 사람이 외향적으로 변해가는 것이나 외향적인 사람이 내성적으로 변해가는 것이나 어떤 것도 정답이 아니다.

앞서 말한 대로 토끼는 토끼로의 모습을 인정하고 호랑이는 호랑이의 모습을 인정하는 것이다. 자신의 모습을 인정하며 그 자체로의 발전을 해나가는 것이 정답이다.

남 신경 쓸 거 없다

남의 시선이 뭐가 그렇게 중요하랴. 남들이 뭐라고 생각하는지가 뭐가 그렇게 중요하랴. 남들이 나에게 뭐라고 말하는지, 비웃고 있는지, 한숨을 내쉬는지. 무엇이 그렇게 중요하랴.

오늘 하루를 살면서 나의 숨소리가 어떤지, 나는 어떤 목소리로 말하고 있는지, 나는 어떤 생각을 하고 살고 있는지도 모르고 우리는 하루를 살고 있다. 귀는 쫑긋 남의 목소리에 귀 기울이고 눈은 남을 슬슬 쳐다보기 바쁘다.

가만히 내가 내뱉는 숨소리는 어떤지 맥박은 어떻게 뛰고 있고 눈을 감으면 머릿속 잡념들이 어떤 형태로 떠다니는지, 그런 것들을 확인하자. 미래를 바꾸는 것은 남이 아닌 나다. 남보다 나에게 관심을 주고 살펴보자.

꼰대가 되지 말자

사람은 자기가 서 있는 위치에서 바라보는 관점을 제외하고는 모든 시선에 무뎌지게 되어있다. 나의 관점에서 힘든 점과 나의 관점의 고뇌에 파묻혀 옆 사람과 앞 사람의 고통이나 사정에는 무뎌진다.

타인에 관점에 무뎌지는 현상은 나이가 들면 더 심해진다. 타인의 관점에 무뎌지고 나면 자신만의 확고한 철학이 생긴다. 그 믿음이 강해질수록 타인에 대한 이해도가 떨어진다.

우리는 흔히 '꼰대'라는 말을 한다. 꼰대는 항상 '나는 옳고 너는 그르다.'라는 관점을 지니고 있다. 자기보다 나이가 어린 사람에게는 반드시 자신의 철학을 고수한다.

'내가 해보니~ 이렇더라.' 혹은 '네가 잘 몰라서 그러는데 ~이렇더라.', '나 때는 ~ 이렇더라.' 식으로 타인의 상황에 자신의 경험을 정답이고 정해버린다.

인간은 자신이 경험과 지식을 빼고는 이해하지 못한다. 자신의 경험과 지식만을 정답으로 믿고 타인에게도 강요한다. 우리 세상에는 꼰대가 너무 많다. 회사라는 작은 테두리에서 만들어준 직급만 떼면 마흔이 넘은 과장, 부장이나, 신입 사원은 서로 다른 경험을 축적해 온 다른 객체들이다. 누가 우월하고 열등하지 않다. 서로에게 배울 점이 반드시 있다. 옆에 있는 누군가는 나와 다른 생각을 하고 다른 경험을 가진 훌륭한 스승이다. 그런 스승을 가르치려 드는 것은 오히려 자신의 기회를 앗아가는 일이다.

'독서'라는 습관이 무엇이 좋은가? 독서는 자기 생각에 사로잡혀 있음을 벗어나게 해준다. 타인을 공감하는 마음을 여는 일이다. 책을 읽는 사람들은 타인을 공감하고 이해하는 사람들이자 시도를 하는 사람들이다. 그래서 읽지 않은 사람들보다 훨씬 더 열린 마음을 갖는다.

슬프면 슬픔을 즐기고 기쁘면 기쁨을 즐기자

잘 되는 사람에게는 어떤 특별한 것이 있는 것 같다. 가장 중요한 것은 '몰입'과 '긍정', '행동'이다. 좋은 대학을 다니던 사람이 사회적으로 성공할 가능성은 높다. 사장이 자신을 도울 사람을 채용하기 때문이다. 자신의 결핍을 등용으로 메우기 때문이다.

고학력자가 고소득과 연관되는 경우는 많다. 하지만 그들은 사장에게 채용이 된다. 사장은 자신이 하고 싶은 일에 대한 몰입과 실행력이 있다. 고학력자와 함께 고소득이지만 분명하게 차이가 있다. 그들은 성급하거나 조급해 보이기도 한다. 다혈질처럼 보이기도 한다.

머릿속으로 떠오른 생각을 지금 바로 실행하지 않으면 하지 않을 것 같은 불안감오 있다. 떠오르는 생각은 바로 실행에 옮겨버린다. 이는 곧 결단력으로 이어진다. 결단력은 바른 판단을 내리는 것이 아니다. 다만 빠른 판단을 내리는 것이다.

그들의 판단은 언제나 옳지 않다. 틀리거나 실패하는 때도 있다. 하지만 그들이 그런 판단력을 보조하고 성공으로 이끄는 것이 있다. 그것은 다름 아닌 긍정적인 사고방식이다.

정주영 회장은 죽을 뻔한 차 사고로 차와 함께 물에 빠진 적이 있다. 그는 물 밖으로 나오고 걱정하는 직원들에게 이렇게 말했다고 한다.

'거참 물이 시원하구먼!'

실패한 경험이나 실수 혹은 틀린 결과는 언제나 사람에게 좌절감을 안겨다 준다. 실패가 가져다줄 미래의 불안감과 불운한 망상이 인간을 그 자리에 주저앉혀놓는다.

화재로 인해 잿더미가 되어버린 실험실을 바라보며 '하나님, 제가 다시 시작할 수 있게 해주셔서 정말 감사합니다.'라고 외쳤던 사람이 있다. 불타 버린 실험실을 보며 그런 이야기를 할 수 있는 사람이 얼마나 있을까? 그는 바로 알버트 아인슈타인이다.

이들은 실패할 수 없는 사고방식을 가지고 있다. 그들이 그토록 자신이 원하고자 하는 바를 이루고 인류의 물리학 발전과 대한민국 경제에 커다란 공헌을 할 수 있게 했던 것은 뛰어난 지능과 상황이 아니라 세상을 바라보는 시선 때문이다.

인생지사 새옹지마이다. 누구는 올라가고 누구는 내려가는 언덕을 만난다. 희로애락은 모두가 인생에서 겪는 일반적인 사건들일 뿐이다. 철석같이 붙어 있는 자석의 N극과 S극처럼 어느 하나를 따로 빼 가질 수 없다. 강한 N극을 갖고 있다면 당연히 S극도 가져야한다. 지금 힘들다면 그만큼 좋은 일이 일어날 것이다. 지금 기쁘다면 언젠가는 나쁜 일도 일어날 것이다.

누군가는 올라가는 언덕에서 기뻐하고 누군가는 내려가는 언덕에서 기뻐한다. 그 이유는 올라가는 언덕을 좋아하는 취향이 존재하고 내려가는 언덕을 좋아하는 취향도 존재하기 때문이다. 올라가고 내려가고 희비와 고락이 윤회하는 것은 언덕의 높낮이 때문이 아니라 그곳을 걸어가는 취향과 시선의 차이일 뿐이다. 기쁨은 기쁨대로, 슬픔은 슬픔대로 즐기자. 지나고 나면 모든 순간은 다시 돌아오지 않는다.

촌스러운 곱슬머리

어렸을 적 한창 꾸미길 좋아하던 나이. 나의 콤플렉스는 머리카락이었다. 새까만 머리카락은 숱 많고 두껍고 억셌다. 곱실거리는 탓에 항상 촌스럽게 수세미처럼 뽀글뽀글했다. 머리카락은 어렸을 적부터 고민이었다.

생머리에 대한 동경이 있었다. 깔끔하고 어중간하게 길어도 시원해 보이는 생머리가 너무 부러웠다. 그러던 어느 날, 미용실을 갔는데 이런 이야기 들었다.

"돈 버셨네요."

웨이브 파마를 한 듯 잘 정리하면 스타일을 내기 쉬울 거라는 말이었다.

사람은 자신이 갖지 못한 걸 채우고 싶어 하는 욕망이 있다. 그 욕망이 좋은 쪽으로 작용을 하면 이성 간의 사랑이 되고 나쁜 쪽으로 작용하면 욕심과 탐욕이 된다. 진짜 욕심과 탐욕은 정작 내 손에 쥐고 있는 것을 놓지 않으면서 다른 이의 것을 쥐려고 하는 것이다.

나의 장점은 무엇일까? 어쩌면 남들이 부러워할 만한 장점을 이미 지니고 있으면서 다른 이의 것마저 탐하고 있지는 않은지 고민해볼 필요가 있다.

오랜 기간을 직장생활을 하며 리더의 자리에 올라갔던 적이 있다. 말단에서 일할 땐 리더의 여유로움과 권한이 부러웠다. 리더의 자리에 오르니 책임이라는 직무는 어깨를 짓누르고 허리를 휘게 했다. 말단은 자신이 지니고 있는 장점을 손에 쥔 채 리더의 권한과 여유를 부러워하고 탐한다. 리더 또한 자신의 권한과 여유를 손에 쥔 채 말단의 단순한 업무를 부러워한다.

많이 가지려고 하는 것은 욕심이 아니다. 욕심은 분수에 넘치게 무엇을 탐내거나 누리고자 하는 마음이다. 두 개의 주머니만 가지고 있는 사람이 4개의 것을 가지고자 하는 것은 욕심이다. 수 십 만개의 주머니를 가지고 있는 사람은 100개를 가져도 무소유에 가깝다. 나의 주머니가 이미 차 있고 새로운 것을 갖고 싶다면 쥐고 있는 것을 내려놓아야 한다.

해외에 살 때 나는 느려터진 인터넷이 참으로 불만이었다.

'인터넷만 되면 참 좋을 텐데.'

당시의 그곳은 그랬고 그때의 나도 그랬다. 어떤 것만 만족하면 참으로 좋겠다는 것은 욕심이다. 이미 만족하여 있는 것과 불만족스러운 것 모두를 갖고 싶다는 것이다. 그 이중적인 욕심은 만족스러운 열 가지보다 불만족스러운 한 가지에 집중한다. 마치 깨끗한 도화지에 묻어 있는 검은 오점 때문에 커다란 도화지 자체를 때론 포기는 것과 같다..

신사임당은 치마폭에 쏟아진 오점을 이용해 멋진 그림을 완성했다. 그것은 자신의 주머니를 키우는 일이다. 나의 주머니에는 얼마만큼 들어가는가? 얼마만큼의 오점들을 수용해 낼 수 있는가? 이 모든 건 마음먹기에 달려 있다.

좋은 리더란?

능력 있는 리더는 무엇일까? 자신이 직종에 대한 엄청난 이해도로 말단 직원들에게 훈계와 참견을 일삼으며 사사건건 많은 일에 간섭하는 것이 좋은 리더일까? 무능해 보이거나 무책임해 보이는 리더가 진짜 리더라는 생각이 들었다.

살다 보면 상당히 많은 리더를 만나게 된다. 엄청난 업무 능력으로 존경심을 일으키는 리더도 있고 한량같이 아무 행위도 하지 않으면서 말만 하는 리더도 있다. 예전에는 솔선수범하는 리더가 좋은 리더라고 생각했다.

나의 첫 리더 생활은 20대 중반, 뉴질랜드에서 있었다. 나는 너무 어린 나이에 관리직 일을 시작했다. 나보다 나이가 많은 직원들을 다루는 일은 쉽지 않았다. 첫 리더라는 자리에 대한 어린 나이에 고민도 있었다. 오랫동안 일을 해 왔던 나로서는 항상 직원이 하는 일에 부족함이 보였다. 그 때문에 직원에게 일을 시키다가도 일을 잘하고 있는지 중간중간 확인하곤 했다. 그러다 못 참고 결국 다시 내 방식대로 했다.

직원 수가 늘어나면서, 내가 해야 할 일들이 많아졌다. 모든 직원이 업무를 모두 내 뜻대로 고치는 것이 불가능했다. 사장님이 나를 부르더니 말했다.

'너의 직무는 일하는 게 아니라 관리를 하는 거야."

사장은 도리어 직원이 할 수 있는 일을 직접 하지 말라고 했다. 리더가 하는 일이 많으면 큰 흐름을 놓친다. 솔선수범하는 리더는 좋은 리더가 아니다. 깨끗한 나라를 만들겠다는 공약을 걸었다고 대통령이 아침 일찍부터 빗자루를 들고 거리에 나가는 건 옳은 행동이 아니다. 업무에 대해 모두 내 마음에 들게 하려는 것은 욕심이다. 일부분은 내려놓아야 한다. 그들도 그들 스스로 깨우칠 기회를 주어야 한다. 그들의 시행착오를 가로막는 것은 선행이 아니다.

리더가 일을 많이 하고 잘할수록 직원들은 일을 넘기기 시작한다. 스스로 일에 대한 자부심을 잃기도 한다. 리더는 노를 젓는 일을 하는 것이 아니라 타고 있는 배가 맞게 가고 있는지 살피는 위치이다.

뱃머리에 가장 앞에서 배의 방향을 정하고 노를 젓는 이들에게 속도와 위치 방향을 알려주는 역할이 리더이다. 솔선수범한다고 노를 더 열심히 젓는다면 배는 반드시 산으로 간다. 노를 잘 젓는 사람이 하나 더 늘었지만 그 배는 표류하기 쉽다.

촌스러운 남녀차별

어렸을 적, 사촌의 집에 놀러 가면 남녀가 편을 가르고 싸웠다. 어린아이답게 유치한 주제로 목에 핏대를 세워가며 말다툼을 했다. 유치원을 겨우 졸업했을 나이에 정작 본인들에게 해당하지 않는 주제인 '군대', '임신', '힘', '키' 등 시답잖은 싸움을 했다.

그 싸움은 지금 생각해보면 결국은 누가 더 열등한 존재인지 증명하려는 싸움이었다. 그 싸움에 이기기 위해서는 자신의 열등함을 증명해야 했다. 바보 같은 싸움이다. 누가 더 열등한가. 증명한 자가 승리자라니.

'남자는 군대가 가잖아!'

'여자는 임신하거든?'

신성한 국방의 의무와 출산이라는 경이로운 능력을 자신의 열등으로 느끼며 어떤 삶이 더 후진지를 따지고 들었다. 어린 시절 제사나 차례를 지키기 위해 할머니 댁으로 가면 나와 남자 사촌 동생은 제사상에 절을 하고 끝나면 제 삿밥을 양껏 먹었다. 우리가 제사하고 있던 사이, 우리보다 나이가 훨씬 많은 사촌 누나들은 제사를 지내는 방에는 들어오지도 못했다. 부엌에 앉아 음식을 준비했다.

그 기억은 지금도 유효하다. 남자이기 때문에 분명히 갈라진 역할분담이 있었다. 누나들이 차려주는 밥상이 완성되기까지 어른들 옆에 앉아 밥을 먹었다. 밥 먹을 때는 남자 어른들 옆에 작은 상을 차려 작은어머니와 누나들은 밥을 먹었다. 차려진 밥을 먹고 나면 치워주길 기다렸다. 치워진 밥상을 누나들은 설거지했다. 설거지가 끝나면 뻔뻔하게 비슷한 싸움을 했다.

'남자가 더 힘들거든?'

'여자가 더 힘들거든?'

뉴질랜드는 세계 남녀평등 지수가 10위이다. 우리나라는 100위권에도 들지 못한다. 남녀가 평등하다는 것은 무엇을 말할까? 단순히 우리나라 대통령이 남성이고 뉴질랜드 총리가 여자라서 그럴 리는 없다. 고위층에 얼마나 남녀가 평등하게 진출해 있는지를 따지는 문제도 아니다.

뉴질랜드에서 공사장을 가면 공사장 안전모를 쓴 사람들이 있다. 그들 중에는 젊은 여자들도 많다. 공사장에서 햇볕을 받으며 일하는 여성과 남성은 차이가 없다. 무겁거나 높은 물건을 들 때 남자가 대신 들어주는 일은 매너에 속하지 않는다. 오히려 아이 취급하듯 상대를 무시하는 일이다.

버스를 타면 버스 기사 또한 남녀가 비슷하다. 상담사라는 직업도 남녀의 비율이 비슷하다. 우리나라처럼 남성이 많은 직업군과 여성이 많은 직업군이 명확하게 구분되어 있지 않다. 우리나라의 상담사는 여성인 경우가 많다. 공사장 인부들은 남성인 경우가 많고 항공사 승무원 또한 여자가 많다.

남녀가 같은 일자리 시장을 갖기 위해서는 자신이 가진 성에 대한 열등감을 극복해야 한다. 사람을 구분할 때 일반론으로 구분할 수 있다. 그러나 이는 큰 오류를 낳는다. 여자는 힘이 약할 수 있지만 모든 여자가 약하지는 않다. 남자는 힘이 셀 수 있지만 모든 남자가 힘이 세지는 않다.

하지만, 대부분의 여자가 힘이 약하니, 여자는 채용하지 않겠다는 사회적 아집은 아시안은 소심하니 운동 경기 심판에 적합하지 않다는 모순덩어리 차별을 만들어 낸다. 하지만 무조건적인 남녀 차별은 옳지 않다. 그것은 남자 화장실에만 소변기가 있다고 여자 화장실에도 소변기를 다는 행위이다. 자신의 차이는 다만 차이일 뿐 열등과 우등을 구별하는 기준은 아니다.

촌에서 아이와 함께 살기

육아(育兒)라고 하는 것은 쉽게 말해 어린아이를 기르는 것이다. 다시, 아이란, 나이가 어린 사람을 이르는 말로, 결국은 '사람'을 기르는 일이다. 사람을 기르는 일은 굉장히 신성한 일이다.

표준국어대사전에서 '사람'이란 '생각을 하고 언어를 사용하며, 동구를 만들어 쓰고 사회를 이루어 사는 동물'로 규정되어 있다. 고려 대한국어대사전에서는 '두 발로 서서 다니고 언어와 도구를 사용하며, 문화를 향유하고 생각과 웃음을 가진 동물'로 규정되어 있다.

우리는 결국, '사람'을 만드는 일을 진행한다. 그렇기 때문에, '육아'라는 일에 우리는 적당한 책임감을 느껴야 한다. 적당한 책임감에 책 한 권 없이 임하는 자세는 어쩌면 방임과 태만일 수도 있다. 책 한 권 없이, 철학 없이 '의사가 된 사람에게 나의 건강을 맡기는 일이나, 책 한 권 없이, 철학도 없이 '변호사'

가 된 사람에게 나의 사건을 맡기는 일이 얼마나 위험한지 우리는 알고 있다.

우리는 나와 전혀 상관없는 누군가에게 나의 몸을 맡기고, 나의 사건을 맡긴다. 우리를 맡아주는 상대의 철학과 성실함 혹은 진심을 확인 할 수 있는 방법을 꾸준하게 알려고 노력한다.

장인이 만들어낸 명품 도자기와 공장에서 찍어낸 중국산 도자기는 단순히 가격에서만 차이를 만들어 내지 않는다. 가장 손쉬운 방법을 고민하다 보면 싸고 의미 없는 제품이 만들어진다. 하나의 도자기를 만들기 위해 흙과 불을 만지고 뜨거운 불가마를 지켜서야 한다. 언제라도 원수를 만난 듯 과감한 쇠망치를 인정사정없이 내리치는 장인의 도자기는 언제나 믿을 만하다.

우리는 살아가면서, '육아'를 짐처럼 생각하는 한다. 스티브 잡스의 첫째 딸 리사 브레넌 잡스는 첫 회고록에서 '나는 찬란한 아버지 인생의 유일한 오점이었다. 나에게 그가 얼룩진 인생의 유일한 빛이었다.'고 표현했다.

세계 최대 기업 애플의 창업자인 스티브 잡스는 세상을 바꾸는 패러다임의 변화를 만든 인물로 우리는 기억한다. 그가 세계를 바꾸는 데는 성공했다. 그 변화 속에서 그녀의 딸이 바라본 세계는 처참했다.

우리는 모두가 각자의 세계를 살고 있다. 객관적인 세계가 존재한다고 믿지만 실제로 철학에서 객관적인 세계 따위는 없다. 모두가 각자의 주관적인 세계 하나씩을 갖고 살아갈 뿐이다.

그는 그녀를 딸로 인정하려 하지 않으려 했다. 당연히 양육에는 관심이 없었다. 그녀의 존재가 언론을 통해 알려진 뒤에도 그는 친자 관계를 부인했다. 그녀의 어머니는 그녀를 기르기 위해 기초 수급자로 지정되고 정부 보조금을 받으며 청소와 식당일을 했다. 그때도 잡스는 2,500억 이상의 자산가였다.

1980년 유전자 검사에서 리사가 잡스의 친자라는 판결이 나오자 그는 한

달에 50만 원 정도의 양육비를 보내는 정도로 그 책임을 덜기 위해 노력했다. 그 때문에 그녀의 삶은 항상 가난과 불행의 연속이었다. 그가 세상을 떠난 지 8년의 세월이 흐르고 애플의 시가총액은 920조다. 그는 빈손으로 우리를 떠났다.

2018년, 그의 딸 리사 브레넌 잡스가 쓴 비망록의 이름은 '스몰 프라이(Small Fry)'로 한국어로 하자면 '하찮은 존재'라는 뜻이다. 비정하고 부적절한 아버지로부터의 육아는 그녀에게 많은 트라우마를 안겨 주었다.

양육의 철학은 여러모로 중요하다. 한 사람이 다음 사람에게 넘겨줄 수 있는 철학을 결정짓는 행위이다. 결국 누군가를 기르기 위해서는 자신이 가장 먼저 성장해야 한다. 성장은 금전적인 성장을 이야기하는 것이 아니다. 세상을 바라보는 올곧은 시선이다.

아이를 키우는 일은 자신을 키우는 일을 수반한다. 나 또한 그렇다. 나의 아이가 책을 읽는 인생을 살았으면 좋겠다는 생각을 한 적이 있다. 나는 야간 자율학습 시간에 선생님의 눈을 피해 몰래 핸드폰을 하듯, 숨어가며 스마트폰을 한다. 아이의 시선이 언제나 나를 바라보고 있다는 생각에 책을 펴는 모습을 보여주려고 노력한다.

아이가 나를 키우고 나도 아이를 키운다. 우리는 일방적인 육아를 벗어나 서로가 서로에게 좋은 영향을 미치는 존재로 생존하고 있다. 부모의 일방적인 사랑은 '사랑'이 아니다. 언제나 법이 그렇다. 일방적인 사랑은 '폭력'이다. 모르는 이성을 사랑한다고 감시하거나 만지거나 귀찮게 하는 행위는 처벌받는다.

부모는 자녀를 자신의 입맛대로 키울 수 있다고 자신한다. 일방적인 사랑을 하려 한다. 법으로 규정한 폭력을 우리 아이에게 사랑이라는 이름으로 해

버린다. 소통구가 '부모' 밖에 없던 시기를 지나 나이가 들고 친구와 배우자가 생겨나도 한 방향의 사랑이 지속한다.

자기 안에 있던 폭력의 저항이 사춘기라는 시기를 통해 터져 나올 때 많은 부모는 자신이 줬던 사랑에 대한 보상이 반항으로 돌아오는 것을 보고 몹시 실망한다. 그리고 갈등이 일어난다.

사랑은 상대 또한 자신과 같은 마음이 되었을 때에야 관계가 형성된다. 마치 자석과 같이 한 쪽만 등을 돌려도 완전히 틀어지는 것이 사랑이다. 결국은 아이를 가르치기 위해 나 스스로기 깨우쳐야 하고 스스로가 깨우치기 위해 공부가 필요하다.

아이가 사회성이 없다든지 친구랑 싸웠다든지 아이가 스마트폰 중독이라는 문제를 해결하기 위해 아무리 노력해봤자 아이에게서 문제를 찾으려고 노력할 뿐이다. 하지만 문제는 아이에게 있지 않다. 아이가 친구랑 싸웠다고 속상해하기 전에 나는 배우자와 어떤 관계를 형성하고 있는가? 직장 동료나 상사, 후배의 험담을 하고 있지 않은가를 돌이켜 봐야 한다. 스마트폰 중독을 탈피하기 위해 스마트 폰으로 내용을 검색하고 있진 않은가?

아이에게 요구하고 있는 것들을 나는 얼마만큼이나 할 수 있는가? 학원 강의를 할 때 많은 학부모가 상담을 하면서 터무니없는 목표를 가지고 온다. 특히나 초등학교를 막 졸업하고 중학교를 입학하는 시기에는 그 부모가 아이에게 가지고 있는 기대감이 상당한 경우가 많다.

아이가 '민사고'를 가고 싶어 한다거나 의사나 판사가 되려고 한다. 혹은 특정 대학교 입학을 이미 염두에 두어 두고 오는 경우가 많다. 나중에 학부모가 돌아가고 아이와 조금 이야기해보면 어른의 기대와 욕심인 경우가 많았다. 실제로 우리 아이가 조금 특별할 것이라는 기대감은 어느 부모에게나 존재한다. 하지만 부모는 자신이 하지 못한 일을 요구하거나 못해 본 일을 예단해서는 안 된다.

"들어가서 숙제해!! 다 끝나면 엄마한테 검사 받아!"

라고 일거리를 던져 놓고 자신은 안방에서 TV를 보고 있지는 않은가?

학원 일을 하다 보면,

'우리 아이 숙제 좀 많이 주세요. 집에 오면 애가 공부는 안 하고 맨 놀기만 하네요.'

이런 이야기를 많이 듣는다. 일과를 끝난 아버지는 집에서도 일하는가? 회사를 마치고 돌아온 아버지는 집에서 휴식을 취한다는 명분으로 TV를 켜거나 게임을 하거나 핸드폰을 들여다본다.

아이들의 일과는 언제쯤 끝나는 것일까?

모든 순간이 학습이고 철학이다. 짜증을 부리는 아이에게 도리어 나도 짜증을 내 버리는 것은 '습'이 된다. TV를 보고 싶지만, 인문서를 한 권 더 읽어야 하는 것도 '습'이 된다. 모든 순간이 나를 발전시키고 내가 발전해야 나의 아이가 발전한다. 책을 집어 들자.

가장 좋은 교육은 '모범'이라는 말이 떠오른다.

학원업을 경험해 보면서 가장 안타까운 일들은 교육을 별도로 하는 학부모를 볼 때다. 값비싼 학원과 과외를 대여섯 개 씩 돌려가며 정작 집에서는 TV 시청을 하거나 온종일 아이와 별개의 생활을 하다가 문득 교육업이라는 서비스 업종에 나의 자식을 맡기는 행위.

흔히 학부모들 사이에서 뺑뺑이라는 말이 있다. 부모의 사회생활이나 개인 생활을 위해서 아이에게 일정 스케줄을 만들어 주는 행위가 요즘 꽤 많은 게 같다. 부모가 핸드폰이나 TV 시청을 하며 쉬기 위해 아이에게 컴퓨터를 허용한다든지 부부가 영화를 보기 위해 방과 후 늦은 시간까지 과외를 한다든지 맞벌이하는 엄마가 자신의 사회생활을 위해 아이를 학원으로 보내는 행위 등.

아이의 교육을 위해서 돈을 벌고 그 돈을 그대로 교육비로 사용하는 행위는 결코 아이에게도 부모에게도 좋은 일은 아닌 듯하다. 차라리 아이의 교육을 위해서 나의 책 읽는 모습이나 공부하는 모습, 운동하는 모습을 보여주는 편이 훨씬 좋아 보인다.

나는 TV를 보지 않는다. 보지 않은 지는 15년도 넘은 것 같다. 가끔 재미난 프로를 몇 개 보기는 한다. 하지만 온종일 TV 스크린을 쳐다보는 행위는 내가 책을 넘겨보는 시간보다는 훨씬 작다. 현대 사회에서 스마트폰을 전혀 보지 않고 생활할 수는 없다. 아이들이 깨어 있는 시간에는 항상 책을 보려고 노력한다. 아이가 잠들면 그제야 핸드폰을 켠다.

'내가 너를 위해 어떻게 살았는데!'라는 말은 '너를 위해 쓴 돈이 얼마인데 그 돈을 벌려고 내가 고생한 게 얼마인데.'라는 말로 통한다.

아이를 위해 힘들게 돈을 벌 것이 아니라 아이를 위해 아이와 함께 공부하는 것이 교육인 듯하다.

'내가 너 때문에 한자 2급을 땄는데.'라며 한탄할 수는 없지 않은가.

나는 항상 아이가 잠들기 전까지 책을 보다가 아이가 잠들면 핸드폰을 켠다. 하지만 너무 노곤한 탓인지 핸드폰을 켜놓고 10분 정도 지나서 곧 나도 잠들어 버린다. 아이를 교육하는 행위가 나를 교육한다. 내가 아이의 교육을 위해 희생하는 것이 아니라 아이도 나의 발전에, 나도 아이의 발전에 서로 상호 영향을 주며 발전해 간다. 가끔 그런 생각이 든다. 아이들의 세대가 항상 기성

세대보다 맞아 왔었다.

100년 전 여성에게 참정권이 생겼을 때, 미국에서 노예해방이 되었을 때, 항상 기성세대는 차세대들을 걱정스러운 눈빛으로 바라봤다. 하지만 항상 차세대가 옳아 왔다. 아마 우리 아이들도 그러할 것이다.

농업을 하던 부모가 산업 혁명 세대들에게 게으르다고 다그치고 산업 혁명 시대의 부모들은 정보화 시대의 세대를 게으르다고 다그친다. 하지만 항상 후세대가 더 큰 부를 축적하고 더 큰 자유와 권리를 행사해 가며 더 좋은 사회로 발전해 왔다.

우리 아이들이 살아갈 세상을 조금도 가늠하지 못한다. 부모 세대에 맞게 키우는 것은 시대를 후퇴하는 교육이다. 쌍둥이들의 임신 소식은 뉴질랜드 남섬의 크라이스트 처치라는 대도시에서 알게 되었다. 그때까지만 하더라도 아이들의 운명은 뉴질랜드 시민권을 받고 한국어 대신 영어를 모국어로 사용할 운명이었을 지도 모른다.

지금 우리 아이들은 제주도 서귀포시 남원이라는 시골에서 할아버지와 할머니의 사랑을 듬뿍 받으며 크고 있다. 나의 아이들이 자라날 이 대한민국이 더욱 아름다운 나라가 될 수 있도록 나도 사회에 기여해야 한다.

요즘 제주에 이민을 오는 사람보다 제주를 떠나는 사람이 많다. 그 여러 가지 이유 중 하나는 제주도민의 텃세와 높은 부동산 가격이라고 한다. 안타까운 일이다. 제주도가 앞으로 해결해 나가야 할 여러 가지 문제 중 하나라는 생각한다. 제주도의 삶은 장점도 분명 있다. 내가 뉴질랜드에서 제주로 다시 넘어오면서 든 생각은 '너무 비슷하다'이다. 제주와 뉴질랜드는 너무 비슷하다. 나는 뉴질랜드에 좋은 기억과 안 좋은 기억이 함께 있다. 좋은 기억은 아름다운 자연과 여유로운 삶이다.

제주는 그 제주가 가져다주는 여유로움이라는 느낌이 있다. 어디를 가도 사람들은 여유롭고 치열하지 않다. 누구도 경쟁적이지 않고 자유롭다. 이는 제주라는 지역에서만 주어지는 축복은 아니다. 도심이 아닌 시골에서는 대한 민국 어디서라도 주어진다.

나의 아이들이 5개 국어를 말하고, 아이큐가 200이 넘는 수재이길 바라지 않는다. 고등교육을 받고 누구나 생각해 낼 수 없는 위대한 생각을 한 아이로 크길 바라지도 않는다. 우리가 알고 있는 수많은 천재는 그 인생이 비극이었 다.

상대성 이론으로 잘 알려진 알베르트 아인슈타인은 첫 번째 부인인 밀레바와의 이혼 위자료로 전 부인에게 노벨상 상금 전액을 넘겨주었다. 그는 첫 번째 결혼 생활을 매우 불행하게 생각했으며 지진아였던 아들을 두고 있었다. 아내가 둘째 아이를 뱄을 때, 다른 여인에게 편지를 쓰기도 했고 그 편지에는 자신을 불행한 남자로 표현했다.

빈센트 반 고흐는 해바라기를 그릴 당시 물감 공장이 남긴 쓰레기라는 혹평을 받았었다. 주린 배를 채우기 위해 물감을 입안에 짜 넣는 등 가난하고 불행한 인생을 살았다.

모차르트와 그의 부인은 경제 관념이 희박하여 경제 상황이 매우 좋지 않았다. 1786년 이후에는 세상이 그의 음악에 등을 돌리기 시작했다. 종종 친구에게 돈을 꾸러 다녀야 했고 비참한 생활 속에서 병마가 생겨 젊은 나이에 요절했다. 그가 죽고 아내는 두 아들을 데리고 재혼을 했다. 이처럼 우리가 바라보는 성공한 사람들은 비참한 말년을 맞이하기도 했다.

우리가 아는 천재들은 성공이라는 이름으로 세상에 알려졌지만 많은 사람에게 영향력을 끼친 인물일 뿐 금전적 풍요와 행복한 개인사도 즐기지 못한

이들은 많다. 나는 우리 아이들이 위대하고 큰 인물이 되기를 바라지 않는다. 큰 천재이거나 주목받는 영재이기를 바라지도 않는다.

다만 작은 시골에서 자신만의 세계를 확고하게 하고 주변 사람들에게 좋은 영향력을 미치며 삶을 긍정적으로 바라볼 수 있는 심리적 토양이 단단한 아이들로 성장하기를 바란다.

좋은 이름의 명문대학 졸업장이나 멋진 스펙 따위보다 자기 일을 소중하게 하고 쉬는 날 좋은 책 가지고 바닷가가 보이는 카페에 앉아 조용히 독서라는 취미를 즐길 줄 아는 사고가 깊이가 깊고 자신을 표현할 줄 아는 건전한 성인으로 자라기를 기대한다.

아이들이 살아갈 세상

요즘은 '세대 차이"라는 말이 너무나도 쉽게 쓰인다. 한 국가 안에서 농업 국가인 조선 시대는 세대 차이가 없었다. 아버지가 하던 일을 아들이 하게 되고 아들이냐 하는 일던 일을 혼자가 했다. 모든 세대가 한 문화에 동속 되고 아랫사람이 윗사람으로부터 배울 것이 많던 시절이기도 하다.

우리가 근대를 지나 현대를 살아오면서 우리는 세대 간의 격차와 갈등 들을 심화 시켜 왔다. 예를 들면 아버지가 하던 일을 아들이 하기에 너무나 구식인 경우가 많고 시대에 뒤떨어진 경우가 많았다.

시골에서 농사를 짓던 아버지의 아들은 서울에서 교육했고 서울에서 교육받은 아들의 손자는 외국에서 유학했다. 같은 국가 안에서 서로 다른 문화를 갖고 살아간다. 할아버지는 농사를 지셨고 아버지는 공장을 다녔으며 아들은 사무실을 출근한다.

할아버지의 농업 철학이 아버지에게 효과적일 턱이 없으며 아버지의 공장

노하우는 아들에게 효율적이지 않았다. 성실하게 몸을 움직여야 성공한다는 어른들의 철학은 최대한 빠르고 간편하게 스마트폰이나 PC를 이용하여 효율적으로 처리해야 하는 아들들에게 답답하고 보수적인 악습에 지나지 않았다.

한 국가의 이전 세대보다 외국의 동 세대에 더욱 동질감을 느낀다. 한국의 어른들보다 캐나다 친구와 일본 친구와 더 말이 잘 통한다. 같은 언어를 사용하면서도 소통이 안 되는 사람이 있다. 다른 언어를 사용하지만, 소통이 잘되는 사람이 있다.

나의 아이들에게 나는 어떤 아버지로 기억이 될까? 기왕이면 소통이 잘되는 사람으로 남고 싶다.

우리는 자녀들보다 많이 알고 있다고 생각한다. 하지만 그렇지 않다.

인류는 단 한 번도 부모보다 퇴보된 적이 없다. 매 순간 자녀들의 소득이 높았고 자녀들이 받아들이는 정보가 투명했다.

고대 아테네에서는 '요즘 젊은 사람들은 예의가 없다.'라는 기록이 있다고 한다. 다음 세대에 대한 불안과 초조함은 어느 시대나 존재했다. 불과 수십 년 전 여성에게 처음 투표권을 줄 때 기성 인들은 세상이 말세라고 한탄했다. 민주화 운동을 이끌었던 어린 학생들을 보며 기성세대는 철없는 아이들의 투정이라고 생각했다.

만화책을 보면 훌륭한 어른이 될 수 없다는 소리를 듣던 어른들은 이미 훌륭한 어른이 됐다. 자녀들에게 TV를 보면 훌륭한 어른이 될 수 없다고 가르치던 우리도 모두가 커서 훌륭한 어른이 되었다.

입맛대로 우리의 틀에 자녀를 조련할 것이 아니라 자녀가 마음껏 쏘다니는 세상에서 다치지 않게 지켜봐 주는 것이 도리다. 어쩌면 나와 아이는 모두 오늘이라는 세계를 처음 경험해본다. 나보다 먼저 오늘을 겪고 있는 아이들이 어쩌면 나보다 더 낫지 않을까.

　중국에서는 우리나라를 동방예의지국이라고 불렀다. 동방예의지국이란 예로부터 중국인들이 우리를 보고 예의 밝은 민족의 나라라고 불렀는데 그 근거를 두고 있다. 산해경(山海經)에 따르면 그들은 우리를 예의지국이라고 부르기도 했고, 군 자국이라고 불렀다. 공자가 자신의 평생소원이 뗏목이라도 타고 조선에 가서 예의를 배우는 것이라고 할 만큼, 우리나라 사람의 예의는 예로부터 정평이 나 있었다. 그들은 우리를 일컬어 '사양하기를 좋아하며 다투지 아니한다.' 혹은 '서로 도둑질하지 않아 문을 잠그는 법이 없으며 여자들은 조숙하고 믿음이 두터우며 음란하지 않다.'라고 칭찬하고 있다.

　우리나라가 동방예의지국이라고 불렸던 건 참으로 자랑스러운 일이지만 오클랜드 시내 아파트 7층에서 밤늦게 잠을 자려고 누우면 술에 취한 젊은 남녀의 웃음소리들과 떠드는 소리가 잠을 방해하던 기억은 창피하다. 그 소리가 나의 모국어라는 사실은 옆에 사는 일본 친구나 키위 친구들에게 부끄러워질 때도 있었다.

　타국 친구들과 이야기 해 보면 예의 바르다는 평은 일본 쪽이 많은 것 같다. 하지만 우리가 부르는 서양인들은 대부분 일본인보다 한국인을 좋아하는 경우가 많았다. 한국 사람은 외향적이고 열정적이며 즐길 줄 알고 화끈 한다는 평이 많았다. 반면 일본인들의 예의는 답답해하는 경우가 많았다.

　예의 바르다는 말은 manner라고 부르는 예의와 의미가 조금 다르다는 것을 알 수 있다. 국어사전에서 예의의 뜻이란 '존경의 뜻을 표하기 위하여 예로써 나타내는 말투와 몸가짐을 말한다. 다시, 존경이란 타인의 인격이나 사상, 행위 따위를 받들어 공경함을 말한다.

받들다. 공경하다. 존경하다.

결국은 동양이 말하는 예의는 그런 것이었다. 동양인들의 인간관계는 상하 수직적이다. 아들이 아버지에게 예의를 다하는 것은 말이 되지만 아버지가 아들에게 예의를 다하는 것은 어딘가 조금 이상하다. 아들과 아버지의 관계에서 아버지가 아들에 대해 매너가 좋다는 것은 어딘가 조금 수긍할 수 있다.

어쩌면 예의란 사대주의 시절, 윗사람과 아랫사람, 황제국과 신하 국의 상하 관계에서 아래에서 위로의 일방적인 행동을 말했다. 어르신을 만날 때와 동생 친구를 만날 때 태도가 달라지듯 어쩌면 우리는 황제국에 깍듯하고 예의 바른 신하국이었지 않을까 싶다. 신하국은 황제국에 조공을 바쳤다. 황제국은 신하국에게 선물을 내렸다. 예전 김종성 저자님의 책인 '한국, 중국, 일본, 그들의 교과서가 가르치지 않는 역사'에 보면, '조공'과 '선물'에 대한 새로운 정의를 해주었다.

민간이 무역하는 것을 불법으로 여기고 있던 당시에 밀무역을 제외하면 국가 간의 수출, 수입은 '조공'과 '선물'이라는 이름으로 불렀다. 신하 국이 조공을 보내면 그에 합당한 양의 선물을 보내야 했다. 당시 우리나라는 무역 수지가 흑자였던 모양이다. 수출을 너무 많이 하는 탓에 중국에서 조공을 그만 보내라고 서신을 보냈을 정도다.

한국인은 예의가 바른 민족은 더 아니다. 예의 바르다는 이미지를 일본에 넘겨줄 때가 된 것 같다. 우리는 매너가 좋은 민족이면 되는 것 같다. 매너 또한 예의와 마찬가지로 표준국어대사전에 실려 있는 말이다. 이는 '행동하는 방식이나 자세', '몸가짐', '태도' 등을 말한다. 사전에 실려 있는 그대로의 의미로만 보자면 상하 수직적이던 '예의'라는 말보다 수평적 관계인 '매너'라는 말이 현대적으로 더 와 닿는다.

한국인은 일본인보다 버릇이 없다. 예의도 없다. 일본인은 한국인보다 예의도 바르고, 버릇이 있다. '버릇' 또한 명사로 '윗사람에 대하여 지켜야 할 예의'라고 정의되어 있다.

누구를 만나더라도 수직적인 관계가 필요 없는 공간에서는 '예의'보다는 '매너' 정도만 갖춰도 좋다. 하고 싶은 말이 있다면 상대의 눈치를 살피며 일단 응하기보다 '죄송합니다만, 그건 힘들 것 같네요.'라고 똑 부러지게 말하면서 최대한의 매너를 지키는 것이 좋다.

어렸을 때부터 예의 바른 사람이 되라는 이야기를 많이 듣고 자랐다. 하지만 '예의'가 바른 것은 어디에도 도움이 되지 않는다. 나이 많은 어른에게는 예의가 바라야 좋다. 하지만 그 외로는 큰 도움이 되지 않는다. 겸손해지라는 말을 많이들 한다. 하지만 겸손은 나를 낮추는 것을 말하는 것이 아니다. 나를 낮추는 겸손이란 일본에서 온 표현이다.

우리말의 겸손이란 남을 존중하고, 자기를 내세우지 않는 태도를 말한다. 굳이 남을 존중하기 위해 나를 낮춰야 할 필요는 없다. 그런 대화는 겸손이 아니다. 이는 자존감 결여일 뿐이다. 같은 말에 우리는 이렇게 대답해야 한다. 나를 낮추지 않고도 상대를 존중 할 수 있다. 이런 이유로 나의 아이들은 겸손하거나 예의가 바른 사람으로 키우고 싶은 생각이 없다. 어른에 대한 적당한 예의와 자신을 낮추지 않는 겸손은 필요하지만 언제나 당당하고 상대를 존중하는 마음이 있는 매너 좋은 사람으로 크길 바란다.

촌에서의 휴식

추적추적 비가 오는 날, 여동생의 소개로 북카페를 처음 방문을 했었다. 카페와 커피, 비 그리고 책은 3박자가 참 잘 어울렸다. 저벅저벅 내리는 비를 피해 카페를 들어가니 고소한 커피 냄새가 난다. 커피를 주문하고는 자리에 바로 앉는 사람은 흔치 않은 것 같다. 사람들은 커피를 주문하자마자 벽면을 따라 정리된 책의 목록을 살펴본다. 그제야 커피 향에 숨겨져 있던 책 향이 올라온다.

사실 나는 북카페를 당시 한 차례 이용한 이후로, 단 한 번도 가 본 적이 없다. 책을 읽는 시간을 확보하는 게 사실상 힘들기 때문에 자기 전이나 이동 시 혹은 아이와 놀면서 등 자투리 시간에 독서를 한다. 자세는 엎드렸다가 쌍둥이 녀석들의 엉덩이에 발을 올리기도 하고 천장을 바라보고 누워서 읽기도 한다. 빈둥빈둥 누구의 신경도 쓰지 않고 책을 읽다가 잠들기도 한다. 나에게 책은 그런 소품인 것 같다.

워낙 집에서는 에너지를 추천하고 밖에서는 소모되는 타입이다 보니 카페에 정식으로 나가서 책을 읽는 것에 피로를 느끼기는 한다. 내가 왜 그런 여유가 없었을까? 생각해봤다. 지난주만 하더라도 의미 없이 보냈던 시간은 충분히 두 시간 이상은 됐을 것이다. 시간적 여유가 없다기보다 그럴 낭만을 즐길 마음의 여유가 없었는지 반성하게 된다.

녀석들이 절대로 통제 불능 상태가 되는 대상이 하나 있다. 그것은 바로 '풍선'이다. 예전에 아이들과 롯데월드를 갔을 때 기억이 난다. 아이들과 롯데월드에 도착하고 애드벌룬을 타려고 2시간을 기다린 적이 있다. 아이들에게 미안했다. 심심한 기구 하나를 타고 나니 모두가 기진맥진해 있었다. 특히나 천진난만하게 아버지를 쫓아다니는 아이들에게 너무나 미안했다. 아이들에게 재밌는 놀이기구를 마음껏 태워주지는 못하지만 좋은 선물을 하나 해주고 싶다는 생각이 들었다.

재빨리 헬륨 풍선 두 개를 집어 들었다.

"얼마에요?"

점원은 얼마라고 이야기를 했다. 도저히 내가 선뜻 사기 아까운 가격이었다. 그래도 아이들을 위해서 사줘야겠지 싶었다. 그때 다율이가 비싼 헬륨 풍선이 아닌 플라스틱 막대기로 고정된 평범한 고무풍선이 예쁘다고 졸라댔다.

'그래. 너도 좋고 나도 좋다.'

나는 고무풍선 2개를 사주었다. 쌍둥이 녀석들을 옆으로 비싼 뽀로로 풍선과 캐릭터 풍선을 든 아이들이 지나갔다. 쌍둥이 녀석은 자기가 들고 있는 고무풍선을 더 떳떳하게 자랑해 듯 높이 올리며 걸었다. 내심 아이들에게 미안했다. 하지만 아이들은 너무 행복해하는 표정으로 들고 다녔다.

그런 소소한 행복을 알고 있는 아이들이 고맙기도 하고 때론 부럽기도 하다. 그 뒤로부터 아이들의 풍선 사랑은 계속되었다. 어느 날은 이마트를 구경 갔었다. 이마트 입구를 들어가자. 아이들은 화장품 판매대에 꽂혀 있는 홍보용 풍선을 보고 자제력을 잃었다. 그 풍선을 빼달라고 얼마나 떼를 쓰는지, 원래는 아빠가 잘 타이르면 금세 수긍하는 녀석들이었는데 풍선을 사달라고 너무 조른다.

　'풍선'도 발음에 어려워 '풍셔~', '풍셔~' 이런다. 어찌나 점포에서 보기 안타까웠는지 점원이 풍선 두 개를 꺼내 준다.

　아이들과 지내다 보면 이런 일들이 비일비재하다. 도저히 감당이 안 되는 상태가 오기도 한다. 주변에 피해를 줄까 걱정이 되기도 한다. 그럴 때는 그래도 최대한 매너를 지키기 위해 노력한다. 아이들은 흰색 백지장이다. 아버지가 하는 모든 행동이 백색 종이의 무의식에 복사된다. 언젠가 부모의 무의식적인 습관이나 말투가 아이에게 나올 것이다.

　기본적으로 책을 좋아하는 사람들을 신뢰하는 편이다. 책은 다른 이의 이야기를 묵묵히 들어주는 일이다. 중간에 자기 생각과 다르다고 해서 작가의 말을 끊고 내 이야기를 계속할 수는 없다. 물론 정말 형편없는 책은 중간에 덮어버리기도 한다. 하지만 웬만해서는 작가가 하고자 하는 이야기를 끝까지 들어준다. 이런 훈련 덕분인지 책을 좋아하는 사람들은 남의 이야기를 잘 들어주는 경향이 있다. 타인의 시선에서 이타적인 감정을 가져 주기도 한다.

　북 카페란 참 매력적인 공간인 건 사실이다. 책을 좋아하는 사람을 만나는 일은 언제나 신선하고 즐겁고 반가운 일이다. 해외여행에서 반가운 한국인을 만나는 것만큼 반갑다. 같은 종족을 찾은 동족 감이 든다고나 할까. 그런 사람들이 모여 있는 공간은 참으로 매력적일 거로 생각한다.

요즘은 영상매체가 대세라고 한다. '유튜브'라는 플랫폼을 이용하여 사람들은 더 많은 정보를 찾고 더 다양한 지식을 습득하며 더 많은 소통을 한다. 이런 영향력 때문에 이제는 영상문화가 활자 문화를 대체 할 것이라는 사람들도 있다. 하지만 나는 그렇게 생각하지 않는다.

영상을 보는 것은 빠르고 직접적이다. 이는 마치 인스턴트커피를 마시는 것과도 같은 것 같다. 인스턴트 스틱커피를 종이컵에 '스르륵' 비우고 정수기에서 따뜻한 물을 넣는다. 그리고 비워진 플라스틱 스틱으로 종이컵을 휘~ 휘~ 저으면 3초면 달콤한 커피가 완성된다.

외국에서는 인스턴트커피가 없다. 한인 가게나 가야 이런 인스턴트커피를 살 수 있다. 처음에는 왜 저들이 이렇게 편하게 커피를 마실 수 있는데 이런 문화를 받아들이지 않을까? 바보 같다는 생각을 한 적도 있다. 하지만 커피는 단순히 섭취한단 이상의 의미를 지니고 있다. 커피를 내리는 시간과 향을 함께 즐기는 것이다. 배추김치가 발효되거나 와인이 숙성하는 데는 값비싼 재료가 많이 필요하겠지만 많은 재료 중 맛과 품질을 결정하는 재료는 바로 '시간'이다. 만드는 시간뿐만 아니라 먹는 시간 또한 매우 중요하다.

누구도 오랜 시간 숙성한 와인을 소주잔에 담아 '꼴깍' 원샷하지 않는다. 충분히 시간을 두고 음미한다. 책과 커피의 공통점은 그렇다. 즉석이지도 않고 편리하지도 않다. 천천히 시간을 들여 숙성하고 먹을 때는 음미가 가능하다. 마음이 고요하고 평온해지는 느낌이 드는 게 어쩐지 쉬는 날에는 동네북 카페를 가 봐야 할 것 같다.

사랑할수록 바라봅시다

자녀를 사랑한다고 자녀를 소유해서는 안 된다. 아내를 사랑한다고 아내를 소유하려고 해서도 안 된다. 애완동물을 좋아한다고 그들을 가지려 해선 안 된다. 살다 보면 내가 좋아하는 것들을 갖지 못할 경우가 있다. 그런 경우는 갖지 못한 패배감과 가져야 하는 승리욕 때문에 상대를 지배하려는 욕심으로 발전한다.

아무리 내가 좋아한다고 내가 소유하려는 것은 바보 같은 짓이다. 한여름, 산에 핀 꽃이 아름답다고 집으로 꺾어와 시원한 에어컨 바람을 쐬어주고 맛있는 콜라 한 모금 부어주는 일방적 사랑의 결말은 언제나 같다.

산이 좋을 땐 멀리서 산을 바라보고 꽃이 좋을 땐 꽃의 자리로 내가 움직여야 한다. 내 마음과 상대의 마음이 같기를 바라선 안 된다. 내가 산을 좋아한다고 산도 나를 좋아하기를 바라선 안 된다. 내가 꽃을 좋아한다고 꽃이 나를 좋아하기를 바라서도 안 된다. 자전거의 양쪽 바퀴처럼 두 마음이 한 방향이면 사랑은 아름다운 이야기로 흘러간다. 하지만 서로 다른 방향이거나 한쪽이 멈춰 있으면 자전거는 고장이 났다고 말한다. 마음의 속도가 약간만 달라도 자전거는 삐걱거린다.

사랑할수록 바라보자. 상대의 마음이 같은 방향이라면 굳이 끌려고 하지 않아도 같은 길을 가게 될 것이다.

항상 제자리이지만 분명 진보하고 있다

'베트남.'

요즘은 베트남이라는 나라를 두고, 여러 가지 시선이 있는 듯하다. 박항서 감독과 삼성전자로 대한민국과 베트남이 어느 때보다 가까워지던 요즘, 코로나바이러스로 베트남 측의 입국 금지 조치에 따라 많은 대한민국 사람들이 베트남이라는 나라에 배신감을 느끼는 듯하다. 베트남의 역사는 참으로 기구하다. 기원전 111년 중국 한나라의 침입으로 중국에 병합된 뒤 자그마치 939년간 중국의 지배를 받는다.

근 1000년의 지배를 받던 베트남은 939년 중국의 지배에서 겨우 벗어났으나 다시 1406년 중국의 속국이 된다. 그러다 1883년에는 베트남의 전 국토가 프랑스의 식민지가 되고 2차 세계대전 때 프랑스가 독일의 침공을 받으면서 세력이 약화하자, 다시 베트남은 일본의 보호국으로 전락한다. 그 뒤로 1945년에는 남북전쟁이 발발하고 미국과 전쟁을 하며 겨우 독립국의 지위를 얻어냈다.

　베트남인들의 자존심은 상당하다. 역사를 잊은 민족에게 미래는 없다는 말이 있다. 우리는 얼마나 역사를 기억하고 있는가? 1988년 서울올림픽 당시 대한민국의 GDP는 지금의 베트남 GDP와 같다. 그 뒤로 30년이 흘렀다. 대한민국은 그 후로 국가 전체가 9배의 성장을 이루었다. 30년 만의 기적이다. 베트남의 인구는 우리나라의 대략 2배에 가까운 나라이다. 만약 1인당 GDP가 대한민국과 같은 규모를 갖게 된다면 베트남의 전체 GDP는 독일, 영국과 어깨를 나란히 할 수 있는 나라가 될 수 있을 정도이다. 베트남을 여행한 적이 있다. 그때의 기억은 매우 좋다.

　어찌 됐건 베트남은 우리와 참 공통점이 많은 나라이다. 사실 여행이 산업형이 된 것은 비교적 최근 일이다. 여행(旅行)은 나그네(여)에 길(행)을 사용한다. 나그네의 길을 이야기한다. 나그네는 자기가 살던 고장을 떠나 방랑하는 이를 말한다. 이는 고단한 여정이다. 우리가 오늘날 하는 관광코스를 돌며 휴식을 취한다기보다 목적지로 가는 길에 수일, 수개월을 이 마을 저 마을 들리며 쉬는 일이다.

　예전 유학길이나 여행길은 고난과 고생의 길이었다. 그 먼 길을 떠나느라 병을 얻는 이들도 있었다. 이런 여행이 산업의 모습을 갖춘다. 지금의 여행객들은 목적지로 가는 길에 머무는 사람들이 아니다. 가는 그 길 자체가 목적이 되곤 한다. 불과 100년 전 만 하더라도 목적을 위한 그저 고단한 과정일 뿐이던 여행이 이제는 돈을 들여서라도 행하고 싶은 여가가 되어버린 일은 참 아이러니다.

　목적지 없는 여행, 여행 자체가 목적인 여행. 아마 수백 년 전, 누군가가 우리의 삶을 본다면 소스라치게 놀라지 않을까? 이제는 세계여행이라는 말이 있다. 세계를 돈다. 예전 여행객들의 최종 목적지는 도착지였다. 여행 후 도착지에 자리를 잡고 수개월, 수년을 정착하고 살았다. 하지만 우리는 여행의 계획을 짤 때, 가장 마지막 날은 '집'이다. 우리 여행의 목적은 결국 '집'이자 '제자리'이다.

그렇게 힘든 여정을 통해 다시 도돌이표처럼 제자리로 돌아오는 현대인들.

우리는 이토록 제자리를 제대로 찾기 위해 세계를 돈다. 그 자리가 내가 있을 곳이라는 것을 우리는 모두 알고 있다. 우리 인류는 깨달은 것이다. 어디를 가도 거기서 거기라는 말을 말이다.

나는 뉴질랜드에서 살고 있었다. 어쩌면 한국에 돌아올 생각을 안 하고 있었다. 그런데 이처럼 한국 그리고 고향인 제주로 돌아왔다. 지옥과 천국은 따로 존재하지 않는다. 내가 있는 곳에서 이쪽 면을 바라보면 지옥문이 보이고, 저쪽 문을 바라보면 천국의 문이 보인다. 자리를 옮겨도 항상 내 눈에 볼 수 있는 코끝처럼, 지옥과 천국은 나에게 떨어져 있지 않다.

세계를 돌아도 결국은 어디나 같다. 지금 생각해보니 꽤 많은 나라를 다녔던 것 같다. '뉴질랜드, 호주, 싱가포르, 태국, 베트남, 일본 등등' 그렇게 싸돌아다니더니 결국은 나고 자란 제주다. 360도를 돌면 제자리라고 한다. 하지만 분침이 '12'라는 숫자에서 시작해서 다시 '12'라는 숫자로 마무리 지었을 때, 누군가는 허탈하다고 한다. 하지만 분침과 초침이 제자리로 돌아오지 않으면 시침은 움직이지 않는다. 제자리로 돌아온 것 같지만 분명 진보하고 있다.

나아가는 듯하면서 제자리인 것이 인생이다. 하지만 분명 나아가고 있는 것이 인생이기도 하다.

촌스러운 교육 철학

교육이란 무엇일까? 교육이란 지식과 기술 따위를 가르치며 인격을 길러주는 것을 말한다. 우리는 살면서 목적 전치 현상을 많이 겪는다. 가령 행복하게 살기 위해 돈을 벌다 보니 돈을 벌려고 행복을 미루는 행위처럼 말이다. 교육의 사전적 의미처럼 교육의 목적은 결국 인격 수양에 달려 있다. 인격 수양을 위해 지식과 기술을 가르치는 행위이다.

우리나라의 대표적인 교육기관으로 학교, 학원, 과외, 공부방 등이 있다. 이런 기관들의 하는 역할의 최종 목표가 과연 얼마나 인격 수양과 연관되어 있는지 의심해 볼 필요가 있다.

3살이 조금 넘은 아이들을 데리고 여행을 갔었다. 여행코스는 아이들을 위주로 아이에게 재밌고 좋은 걸 보여주자는 취지였다. 에버랜드와 아이들이 좋아할 만한 복합상가. 풍경 좋고 실내 수영장이 딸린 펜션까지.

나는 최대한 아이들이 좋아할 만한 구성을 여행에 잔뜩 넣어 놓았다. 그러다 보니 아이들은 차에서 울기도 하고 떼를 쓰기도 했다. 운전을 하다 보면 예민해지는 성격 탓에 소리가 커지기도 하고 올라오는 화를 참기 위해 여러 차례 눈을 감고 화를 삭여 보기도 했다.

'여기에 온 목적이 무엇이지?'

차에서 내려 진짜 목적지에 왔을 때는 기진맥진했다. 곧바로 잠자리에 들었다 그야말로 목적이 전도되었다. 아이를 위해 여행을 간 것이 아니라 여행을 위해 아이들이 희생하고 있던 것이다.

아이에게 나는 무엇을 가르치고 있던가. 부모의 확실한 철학은 아이의 성장 배경을 다르게 만든다. 나는 기껏 해봐야 에버랜드에서 갇혀있는 동물을 보여 주거나 기껏 타고 왔던 자동차와 별반 다르지 않은 전동차를 태워 주고 있었다. 이게 과연 교육일까?

어떤 독일인 부부와 아이에게 환경의 경각심을 일깨워 주기 위해 세계 여행을 떠났다. 북유럽부터 시작하여 남아프리카 공화국과 호주 그리고 유럽까지의 여행지를 돌면서 고급스러운 호텔이나 관광지가 아닌 거의 노숙에 가까운 잠을 잤다. 걷기도 힘든 돌무더기의 길을 수레를 끌고 다니기도 하고 온갖 고생을 했다. 그런 책을 읽었던 적이 있다. 그 가족의 여행 테마는 가장 확실했다. 지구 온난화와 사막화처럼 세계의 환경과 기후의 변화에 대해 아이들과 체험하는 것이 그들의 테마였다. 아이들은 부모와 함께 고생하고 느끼고 체험했다. 부모가 고생하는 것도 함께 겪으며, 서로 의지하고 공부했다.

에버랜드와 복합상가. 나의 계획이 씁쓸했다. 나의 아이들은 무엇을 배웠을까? 아이에게 좋은 것을 체험시킨다는 나의 교육철학이 형편없음을 지각했다. 아이는 아마 화내는 아버지와 편하게 쉬고 싶어 하는 부모를 보았을 것이다. 책의 마지막까지 반성하고 반성했다.

우리나라의 여름이 너무 덥다. 예전에도 이렇게 더웠나? 싶지만 기억이 잘 나지 않는다. 에어컨이 설치되어 있지 않은 식당에서는 밥도 먹으러 가지 않는다. 마치, 우주 공간 속 산소마스크처럼, 에어컨이 우리에게 필수 생활용품이 되어버렸다. 매년이 그렇게 더워지고 있는데, 우리는 아이들에게 우리가 만들어 준 환경에 대해 이렇다 설명할 준비조차 하지 않았다. 우리 아이들은 아마 부모가 살던 기후를 죽을 때까지 겪어보지 못할 것이다.

'예전에도 이렇게 더웠나?'가 아니라 '원래 이렇게 더운 거다'라고 인식한 아이들은 아마 우리와 비슷한 과오를 저지르며 다음 세대들에게 더 안 좋은 환경을 물려줄 것이다.

뉴질랜드에서 마지막 날을 보내던 날, 회사에서는 회식해 주었다. 오늘이 남반구에서 보내는 마지막 날이 될 수도 있겠구나. 생각이 들자 건물 밖으로 나와 하늘을 보게 됐다. 그때 올려다본 밤하늘이 잊히지 않는다.

정말 티끌 하나 없는 하늘이 우주 공간을 유영할 수 있을 듯 깨끗하고 아름다웠다. 공간이 보인다고 표현하면 맞을까? 알딸딸한 기분을 술이 만들어준다. 아름다운 하늘을 사진에 담고 싶었다. 들고 있는 최신식 핸드폰으로 하늘을 찍었다. 분명, 가슴을 뻥 하게 뚫어주던 시원시원한 하늘이었다. 사진에는 검은 바탕에 하얀 점이 몇 개 찍힌 멋대가리 없는 화면이 찍혀 있었다. 몇 장의 사진을 더 찍고서 사진 찍는 일을 그만두었다. 의미가 없다는 사실을 알았다.

대자연의 경이로움은 실제 눈으로 보고 몸으로 겪어봐야 한다.

아무리 기술 좋은 카메라로 찍은 사진이나 동영상이라고 하더라도 0.01%도 담아내지 못한다. 그런 확신이 있다. 우리나라에서는 뉴질랜드의 대자연과 같은 것을 체험하지 못한다. 나는 서른이 넘어서 그것을 체험했다. 반드시 한 번은 그런 자연을 느껴 봐야 한다. 더 늦기 전에 아이들도 느껴야 한다.

자연은 자연 치유의 기능이 있다. 너무 더운 날은 비를 내려 기온을 내리게 하고 너무 추운 날은 눈을 내려 기온을 올리게 한다. 그뿐만 아니라 공기의 이동에 따라 저기압, 고기압의 기압 차로 태풍의 진로를 만들어 내기도 한다. 자연적으로 불필요한 것은 없애고 새로운 생명과 무생물에 기회를 주기도 한다.

'코로나바이러스' 우리 인간에게 치명적인 질병으로 부르지만 자연 생태계 전반에서 보자면 질병이 아니라 치유일지도 모른다. 아이들에게 물려줄 자연이 하루와 하루, 시간과 시간을 쫓기며 파괴된다. 안타까운 일이다.

'앎' 나누기

선생이 되는 일은 즐겁다. 당신도 누군가의 선생이어야 한다. 당신은 치킨 집 사장님일 수도 있고, 일반 직장인일 수도 있다. 보험사 직원일 수도, 농업인 일 수도 있다. 당신이 쌓아왔던 비결은 누군가가 갈구하던 정보이다.

당신의 지식은 하찮지 않다. 가게에 물건을 예쁘게 디스플레이 하는 요령, 청소를 깨끗하게 하는 방법이라도 좋다. 당신만의 비결을 널리 퍼트려라. 정 보를 알리는 고귀한 일은 세상을 이롭게 하는 어렵지 않은 방법이다.

우리는 선생님을 업으로만 생각한다. 하지만 선생님 본디 업이 아니다. 이 는 사람과의 관계를 지칭하던 말이다. 제자를 키우는 일은 업이 아니라 의무 다. 제자를 키워야 한다. 피아노를 잘 치면, 피아노를 가르치고, 중국어를 잘하 면 중국어를 가르쳐야 한다.

누구나 자신의 전공에 대해 능숙하다. 사람들은 자신이 가진 능력을 하찮게 생각한다. 하지만 당신은 이미 출중하다. 수업료를 받던, 받지 않던, 그들을 이끌 필요가 있다.

나는 많은 실패를 겪었다. 실패는 성공으로 가는 길에 장애물 학습 단계에 불과하다. 이를 위해 들어간 시간과 비용은 사회적 비용이다. 지식은 나눈다고 줄지 않는다. 오히려 배가 된다. 오늘 배워서 내일 알려줘도 선생이다. 모르면 모른다고 말하고, 배워서 알려주라. 그래도 모르면 함께 알아 가라. 가르치면 도리어 나의 지식이 체계화된다. 남을 위해서가 아니라 본인을 위해 제자를 키워라.

백종원 대표를 좋아한다. 그가 좋은 이유는 요즘 화젯거리인 사람이라서가 아니다. 서점에서 그가 쓴 고기 손질법 책을 본 적이 있다. 집필 이유는 간단했다. 그는 고기 요리의 기초부터 배우고 싶었다. 그중 가장 기초인 고기 손질법을 공부하고 싶었다. 하지만 관련 서적이 한국어도 없다는 사실을 알게 됐다. 그래서 그는 아무도 쳐다볼 것 같지 않은 주제로 책을 썼다.

실제 책을 한 권 쓰기 위해서는 생각보다 많은 시간이 소요된다. 신경 쓸 일들이 많다. 그는 출판을 통해 자신의 지식을 세상으로 넓혔다. 출판은 불특정 다수를 제자로 두는 일이다. 자신의 지식과 비결을 많은 사람에게 설파할 수 있다.

나도 제자를 키우고 있다. 이는 나의 가치관에 영향력을 불어 넣는 일이다. 당신의 가치관을 닮은 복제 인간들이 세상에 이로운 일을 발생한다고 생각해 봐라. 멋지지 않은가? 스승이 된다는 것은 누군가의 본보기가 된다는 뜻이다. 스스로 검열이 일어난다. 본업에서 얻지 못한 자부심도 생긴다.

객체 하나가 생존하고 사라져 가는 기간을 '세대'라고 한다. 동물이라고 부르는 여러 객체는 한 세대를 살면서 쌓은 정보와 비결을 다음 세대로 전이하지 않는다. 기껏 해봐야 이는 '뇌'라고 하는 신체 기관의 부패와 함께 사라진 다.

정보라고 말하는 기록과 기억들은 여러 차례의 실패가 축적된 시간과 사건 의 데이터이다. 한 세대의 방대한 데이터가 다음 세대로 이어지지 않는다면 다음 세대는 이전 세대가 얻었던 똑같은 데이터를 얻기 위해, 같은 시간과 실 패를 경험해야 한다. 모든 것들이 백지인 상태로 세대마다 다시 시작한다.

인간도 비슷한 시간을 보냈다. 그것도 꽤 오랜 시간을 말이다. 인간이 체계 적인 문자라는 것을 발명하게 된 것은 기원전 1200년 전 일이다. 그전에는 당 연히 동물 세대처럼 지식 이전이 되지 않았다.

70만 년 전, 구석기는 돌멩이를 부수다 발견한 날카로운 돌을 도구로 사용 하던 시기다. 1만 년 전쯤, 한 인간이 부서진 돌을 갈면, 더 날카로워진다는 사 실을 깨달았다. 그런 단순한 정보가 다음 세대로 발전해 가기까지 인간은 자 그마치 69만 년이라는 시간 동안 뗀석기를 사용했다.

5만 년 전 인간의 최초 기록이 발견되었다. 이는 그림 형태를 보이고 있었 다. 지구상에 존재하는 생명체 중, 정보와 노하우가 육체적 기관인 뇌를 벗어 난 최초의 사건이었다. 기록자가 죽어도 정보와 노하우가 사라지지 않았다. 정보는 타고 다음 세대로 넘어갔다. 그리고 8000년 간 인간은 '간석기'라는 도 구를 사용했다.

기원전 2000년 중국에서 최초의 체계적 문자가 발견됐다. 인류는 그림 형 태가 아닌 추상적인 형태도 기록 할 수 있었다. 인류는 구리와 주석의 적절한 배합이 청동을 만들어 낼 수 있다는 사실을 발견했다. 그 사실은 다음 세대로 전달했다.

2000년이 흐르고 105년에 중국에 '채륜'이라는 사람이 있었다. 그는 종이 발명가로 알려져 있다. 그가 발견한 종이는 정보의 혁신이었다. 돌이나 거북이 등껍질, 대나무 따위의 딱딱하고 기록하기 어려운 매체를 벗어나 쉽고 간편하게 기록할 수 있고 휴대 가능했다. 물론 전달 또한 용이했다. 인간의 뇌가 가볍고 유동적인 매체의 도움을 받게 됐다. 가볍고 휴대 가능하며 언제나 쉽게 기록 가능한 이 종이는 인간의 뇌를 확장 시켰다. 그쯤 인류는 '철'이라는 '청동'보다 단단하고 값싼 물질 발견했다. 2000년간, 청동을 쓰던 인간은 드디어 철기 문명 시대로 접어들었다.

문명발전 속도가 탄력을 받았다. 철기라는 획기적인 발명품을 발견해서가 아니다. 기록하고 읽는 방법의 발견 때문이다. 다시 1500년 후, 인류는 만류인력의 법칙을 발견했고 그 뒤로 400년 만에 인간을 달 표면으로 보냈다. 50년 만에 컴퓨터를 만들어내고 20년 만에 스마트 폰을 만들었고 10년이 흘러 인공지능이 인간의 지능을 넘어서는 시대를 열었다.

지금의 기록은 종이에서 더 쉽다. 0과 1로 이루어진 2진법 디지털 신호를 이용하여 누구든 화장실이나 침실에서도 기록하고 읽을 수 있게 됐다. 육체적 기관 안에 머물러 있던 뇌는 다른 동물과는 다르게 외부로 확장했다.

우리의 뇌는 기원전 5만 년 경, 생물학적 뇌를 벗어나 동굴 벽으로 넓어지고 2000년 전 종이로 넘어왔으며 얼마 전에는 컴퓨터와 스마트폰으로 확장됐다. 지금 우리의 뇌는 5G의 속도를 타고 전 세계를 휘젓는다. 이제 인간의 뇌 진화 속도는 생물학적 진화의 속도를 뛰어넘었다.

500년 전, 충무공 이순신 장군의 생각과 감정이 나의 뇌 속으로 그대로 인식되고 수많은 천재와 철학자들, 그저 스치는 다양한 타인의 철학이 나의 뇌 속으로 이식된다. 어떤 수술도 없이 차곡차곡 이식된다.

인간의 간접 수명과 감정, 지식이 이 세대와 저 세대를 넘나들며 정보력이 폭발한다. 다양한 사람들의 뇌가 이쪽저쪽으로 이식이 되며, 인류 공동의 두 뇌를 만들어냈다. 복합적인 복리 작용이 우리 생각을 만들어내고 그것이 세상을 바라보는 눈이 되고 그것이 다음 인간에게 전해질 것이다. 정보의 공유라는 고귀한 능력을 통해 인류의 역사와 발전에 이바지해라. 제자를 키우고 기록하며 독서하고 성장해라.

의심 바이러스 확인하기

뉴욕의 한 박사가 바이러스를 이용하여, 암 백신을 발명했다. 줄거리의 도입은 그렇게 시작한다. 뉴스 앵커와의 인터뷰에서 과학자는 바이러스에 대해 설명한다. '암은 정복됐다'고 말한다. 긍정적인 장면은 거기서 끝이다. 다음 장면은 대부분의 인류가 죽고 난 후의 세상이다. 이는 2007년 개봉한 '윌 스미스' 주연의 영화 '나는 전설이다.'의 첫 장면이다.

유학 시기 자주 돌려보던 영화다. 영화 주인공 '윌 스미스'는 자신과 비슷한 생존자를 찾는다. 세상이 종말 된 어두운 배경에는 아무도 없다. 자신만 덩그러니 살아남아 있다. 영화 속 적막감에서 외로움이 보인다.

당시 비슷한 감정을 느꼈다. 해외에서 말이 통하는 생존자 즉, 한국인을 만나는 일은 참으로 힘든 일이다. 설령, 한국인을 만난다 하더라도 유학생활에 얼마의 도움이 될까 생각이 했었다.

어쩌면 많이 듣던 '해외에서 한국인을 조심해라.'라는 말들이 떠올랐다. 외로움에 그들을 찾아다니지만 그들을 찾는다 하더라도 경계의 마음은 여전하다. 영화와 내 해외 생활의 유사점이었다.

영화는 바이러스가 만들어 놓은 세상에 관한 이야기다. 하지만 바이러스 언급은 그 앞부분이 전부다. 더 이상의 언급이 없다. '바이러스가 주는 위험성'보다 어쩌면 믿음이 사라진 시대의 위험성이 크지 않을까 생각한다.

외로움과 경계가 교묘한 감정을 만들어낸다. 우리는 자칫 진짜 적을 잊곤 한다. 요즘 코로나 19에 대한 이슈가 떠들썩하다. 우리는 서로를 경계한다. 그리고 새로운 마녀들을 찾아다닌다.

몰아치는 태풍 속에서는 제대로 된 항해가 어렵다. 이슈가 누그러진 이후에야 태풍의 크기와 피해를 짐작해 낼 수 있다.

가볍게 스치는 사람들의 경계 어린 눈빛 만으로 바이러스가 퇴치되지 않는다고 느낀다. 한 차례 우리나라를 휩쓸던 태풍이 고요해졌다. 바이러스에 호기심을 가져볼 시기가 분명하다.

뉴스나 방송에서, 바이러스에 관한 정보를 늘어놓는다. 사람들이 이제야 관심을 두기 시작한다. 심지어 몇 번의 전염병이 세상을 뒤집는 동안 많은 사람은 바이러스에 대한 기본적인 지식도 잊고 살았다.

'페스트'라는 질병이 14세기 중기 유럽을 휩쓸었다. 당시 유럽 인구의 절반인 4,000만 명이 사망했다. 우리 인류의 이런 커다란 재앙을 보면, 바이러스와 함께 살아가고 있다. 페스트는 고작 3년간 엄청난 사망자를 남긴 역사의 주인공이 됐다. 하지만 페스트가 남긴 상처는 '마녀사냥'이라는 우리끼리의 불신으로 남았다. 그 뒤로 300년 동안 인간은 페스트를 명분으로 50만 명의 '마녀들'을 처형했다. 희생자는 비교적 적지만 그들이 남기고 간 씨앗은 그 100배의 기간 동안 인간에게 머물렀다. 불신과 경계의 시간……

인간은 불확실성에 대한 고통을 더 크게 느낀다. 어쩌면 태풍이 지나간 자리에 황폐함이 태풍을 맞이할 때의 고통보다 클지도 모른다.

인간은 자신에게 닥치지 않은 위협이 주변을 휩쓸 때마다 이성을 잃고 비정상적인 역사의 흔적들을 남겼다. 지금과 비교해서 비슷한 상황이라고 말할 수는 없지만, 1918년, 발병한 스페인 독감은 2,500~5,000만 명의 희생자를 만들었다. 당시 정부는 지금의 정부들과 같이 통화를 확대하고 재정지출을 늘려 경기를 인위적으로 부양시켰다.

그렇게 스페인독감은 2년 동안 인간과 함께하며 전 세계를 휩쓸었다. 그 뒤로 수십 년간 세계 대공황의 여파로 자살률이 120%까지 치솟았다. 이런 바이러스 시대에는 내가 외국에서 느꼈던 외롭지만, 타인을 경계하던 모순덩어리의 감정이 생겨버린다. 어쩌면 바이러스가 남기고 갈 상처는 지금부터 시작일 지도 모른다.

전문가를 신뢰하기

나는 전문가의 철학을 신뢰하는 편이다. 내가 어떤 음악을 들었다고 했을 때, 그 노래를 부른 사람이나 작곡가, 작가가 내가 느꼈던 감정과는 별개로 그저 음을 어떻게 만들면 사람들이 음반을 하나 더 사줄지 고민했다면 혹은 어떤 현대 화가가 돈을 벌고 싶은데 아무 생각이나 감정 없이 그저 이 색과 저 색을 칠해놓고 그럴싸한 이름만 붙여서 판다면 얼마나 슬픈 일인가?

사실 고전이나 명작들을 보면서 나는 그 전문가들이 그 작품을 만들면서 했을 감정이나 생각을 상상한다. 작가는 어떤 생각으로 이러한 작품을 만들었을까? 혹은 이 가수는 이 노래를 부를 때 어떤 감성을 갖고 있었을까?

스티브 잡스는 왜 맥북을 이렇게 만들었을까? 이런 기능은 왜 넣었을까? 진짜, '진짜'들은 모두 철학을 갖고 있다. 그것들은 눈속임과는 다른 깊이가 있다. 편의점 보쌈과 시골에 오랜 기간 맛에 대한 철학을 담아 오신 할머니가 해준 보쌈의 차이 같은 것이랄까?

그런 전문가의 철학 중 가장 오랜 기간 영향을 미쳤을 만한 일은 당연히 농사이다. 1년을 하루 같이 보살펴야 곧 수확이라는 보상을 얻는 이런 산업에 전문가의 철학은 무엇보다도 중요하다. 우리 아버지는 90년대 초반에 유럽으로 연수를 가셨다. 선진 농업에 대한 식견을 넓히셨던 아버지는 줄곧 농사에 관련한 이야기가 나오면 책이나 TV 등에서 접할 수 없는 고급 정보들이 흘러나온다.

예전에 나는 공정거래위원회에 전화한 적이 있다. 과일 상자에 기재된 '3kg'이라는 표기 때문이었다. 누군가는 박스 무게를 포함하고 또 누군가는 박스 무게를 뺀 과실의 무게만을 이야기했다. 그에 관련해 어떠한 조항이 있는지 물었다. 인터넷에 검색하면 참 쉽지 않은 가격으로 올라오는 농산물을 보곤 한다. 아무리 머리를 굴려도 그 금액으로 물건을 팔 수 없었던 나는 혹시나 하여 박스 무게가 포함되었는지를 물었다. 그리고 어떤 이들은 박스 무게를 포함하여 3kg을 판매하고 또 어떤 이들은 과실 무게만 3kg을 판매했다.

우리 농장은 항상 과실의 무게만 따지고 나갔기 때문에 온라인 판매 시 항상 가격 경쟁에서 뒤지고는 했다. 그러던 어느 날 아버지께 말씀드렸다. '과실 무게'에 관련하여 법 조항의 부재로 처벌이 힘들고 어떤 부서에서 담당하는지도 명확하지 않았다. 힘들게 담당 부서를 찾았어도 되돌아오는 말은 '불법적인 사항'이 아니라든지, '관련 규정이 없다.' 혹은 '처벌할 수 없다.'가 대부분이었다.

"아버지, 우리도 박스 무게 포함해서 나가면 안 돼요?"

아버지께서는 깊게 생각해 보지도 않으시고 대답하셨다.

"정직하게 해라."

그러자 내가 알아본 내용에 관해서 설명하며 딱히 처벌하지도 않는 법이고 불법도 아니라고 말씀드렸다. '이렇게 과실이 같은 가격에 몇 개 더 나가면, 우리가 손해지 않느냐?'고 묻자, 부모님께서는 다시 말씀하셨다.

"농사꾼은 손해라는 것이 없단다. 정직하게 해라."

나는 우리 부모님이 수십 년을 지켜 오신 전문가로의 철학을 굉장하게 신뢰했다. 이윤을 남겨야 하는 상황에서는 아주 아쉽긴 하지만, 나 또한 농산물을 소비하는 소비자의 하나로서 부모님의 철학에 안심이 되기도 했다.

대한민국에는 꽤 많은 농민이 존재한다. 물론 양심적인 사람과 그렇지 않은 사람, 두 부류가 존재하겠지만, 산업의 특성상, 만약 그들이 더 큰 이윤을 위해 움직였다면 그곳에 남아 있지 않을 것이다. 대한민국이 산업화하면서, 큰 기회들을 뒤로하고 꿋꿋하게 그곳을 지키던 그들의 철학이 나를 키운 팔 할이다.

아버지께서는 천혜향, 한라봉, 황금향 농사를 하신다. 나는 종종 부모님의 일을 도와드리고, 일부를 택배로 판매하기도 했다. 막연하게 과일을 팔면서 느끼는 것은 '소비자가 판매자와 같은 느낌일까?' 하는 질문이다. 마트에만 가도 어느 농원에서 어느 농부가 어떻게 재배한 과일인지, 혹은 어떤 사람이 만들어낸 상품인지 전혀 궁금하지도 않은 수백만 가지의 상품들이 내가 목표물을 사러 한 걸음씩 나가는 동안에도 스쳐 지나간다.

농부가 아무리 정성을 다해서 길렀던, 무공해를 했던, 어떤 농법을 사용했던, 그저 주어지는 정보는 '가격과 상태' 딱 그 두 가지다.

우리는 다른 사람들과 소통하는 수단을 위해서 삼성 갤럭시인지, 애플 아이폰인지 무척이나 신경을 쓰면서 내 몸을 구성하게 될 음식물에 대해서는 전혀 무지하다.

비싼 차, 비싼 핸드폰 등 다른 사람과 이어주는 수단이나 움직이는 수단에는 백 만원에서 수천만 원까지 우습게 쓰면서 우리 몸을 구성하게 될 식품에는 저렴한 것만 찾는다. 그리고 그게 쌓여 가면 우리를 구성하는 기본이 된다. 10억짜리 포장지로 싸여있어도, 500원짜리 불량식품은 여전히 불량식품이다.

농업 선진국 뉴질랜드에서 유학하면서 배운 것은 다른 이들과 크게 다르지 않다. 마케팅, 영어를 공부하고 외국인을 만나면서 넓은 세계관을 쌓았다. 하지만 공부한 내용 말고 스스로 느낀 내용이 더 소중한 자산이 될 것이라고 확신한다. 내가 좋아하는 과일의 브랜드를 꿰뚫는 것은 매우 중요하다는 것이다. 선호하는 브랜드에서 생산하는 컴퓨터, 핸드폰, 시계 등을 신뢰하듯 내가 과일 브랜드를 신뢰한다면 내가 좋아하는 브랜드의 과일, 주스, 과자 등에서 그만큼 더 넓은 서비스를 그 브랜드로부터 얻어가게 된다.

kg당 5천 원짜리 농산물을 사면서 500원 정도 인상한 가격에는 왜 이렇게 비싸게 받느냐며 농가를 나무란다. 하지만 우리 농산물이 저렴해서는 절대 좋은 서비스가 나오지 않는다. 이는 농산물을 비싸게 팔겠다는 것을 의미하지 않는다. 농사를 지으면서 500억짜리 빌딩을 올리겠다는 것이 아니다. 다음 농사에 더 좋은 품질을 개발할 수 있는 기본적인 요건을 갖출 수 있도록 좋은 생산자와 소비자가 되어야 한다는 뜻이다. 같은 브랜드로 제조하고 같은 브랜드로 유통하고 같은 브랜드로 판매 및 수출하는 기업형 농업회사가 우리나라에도 절실하게 필요하다고 본다.

농사는 오래된 산업이며 진보하지 않는 산업이라고 말하지만, 진중하게 오래된 것에 대한 경외감을 가져야 한다.

20년 전 빌 게이츠는 레오나르도 다빈치의 노트 열여덟 장을 3천 8만 달러 (450억)에 샀다. 모든 사람이 새 차를 좋아하고, 새 휴대폰을 좋아하고, 새 컴퓨터를 좋아하고, 새 책을 좋아한다. 하지만 그는 다빈치의 500년도 더 넘은 오래된 노트를 3천 8만 달러나 주고 샀다. 새로운 것에 가치를 두고 사는 사람들은 그것이 시간이 지날 때마다 가치를 잃어버림을 느끼게 된다. 하지만 오래된 것에 가치를 두고 있는 사람들은 그것들이 시간이 지날수록 더 가치가 올라간다는 것을 느껴야 한다.

멀거나 머지않은 미래에 농업은 500년 전 다빈치가 적어놓은 수첩과 같은 가치를 입증할 것이다.

4차 산업 혁명이 세상의 트랜드처럼 불린다. 이것은 정보와 지식의 개념으로 구별된다고 한다. 인공지능, 로봇기술, 생명과학 등 산업이 발달할수록 많은 업종과 일자리들이 붐처럼 일어난다.

문득 그런 생각을 해본다. 사람들은 점차 편리함과 간소함을 중요시한다고 생각한다. 그것이 4차 산업에서의 농업의 역할이라고 생각한다.

편리함과 간편함.

매우 힘든 일들이 많았고, 아직도 풀리고 있지 않은 많은 일이 있지만, 진지하게 내가 맞대고 있는 현실을 대하고 해결해 나간다면, 언젠가 크기만 크지 않은 기회가 여러 번 있을 수 있다고 믿는다.

농업이 미래다

해외에서 오랜 생활을 하면서 전에 없던 특이한 사고방식이 생겼다. 그것은 상대의 문화를 관찰하는 일이다. 글이나 말로 배우는 것보다 외국이라고 하는 곳의 문화는 아주 특이하거나 이질적이지 않았다. 간혹 사소한 차이가 있어 오해가 생기기는 하지만, 인간의 기본적인 특성인 감정의 교류라는 특성에서 보자면 인간의 타 문화와의 큰 이질감은 없다.

문화마다 조금의 특색을 지니고 있을 뿐 한국인에게 통하는 유머가 그들에게 통하기도 하고 한국인과 같은 장면을 보고 그들도 슬퍼하기도 한다.

문화는 각 개인이 모여 있는 집단인 사회 구성원들이 습득하고, 공유하며, 전달하는 행동 양식 혹은 그 과정에서 얻게 된 물질적이거나 정신적 소득을 말한다. 즉, 우리나라에서도 일정한 소득을 얻게 되고 그 소득은 비단 우리나라뿐만 아니라 지역마다 각기 다른 소득을 얻는다.

우리가 공감할 수 있는 문화권이 넓어질수록 우리는 더 많은 사람과 소통하고 공감하여 더 큰 사회에서 살아갈 수 있는 능력이 길러진다. 중학교 사회 책에서 배웠던 지구촌이나 인류 문화권이라는 말이 있다. 인류가 보편적으로 가진 문화가 있다는 뜻이다.

나는 인류가 가진 문화의 대표적으로는 민주주의, 자본주의 등이 있다고 생각한다. 즉, 보편적인 문화에 공감하는 능력이 큰 사람일수록 더 큰 돈이 움직이는 세상과 접촉할 가능성이 커진다.

문화를 언어라고 하는 별개의 능력에만 관심을 둔다면, 중국의 온라인 상거래 '알리바바'의 창업주인 '마윈'과 같은 사람은 나올 수가 없을 것이다. 세상이 가진 보편적인 문화에 관심을 두고 있는 자가 더 많은 사람에게 영향력을 끼칠 것이고 그 대가로 부나 명예를 검어지고 있다.

중고등학교 역사 시간에는 흥선 대원군의 통상수교 거부정책에 대해서 배웠다. 그 당시에는 그 정책이 참으로 답답한 노릇이었다. 재빠르게 세계화의 흐름에 변화를 취해도 부족한 상황에 옛것에만 미련을 갖는 답답한 상황이라고 생각했었다.

18세기 중엽 유럽 대륙에 속해져 있는 섬나라 영국에서 시작된 기술 혁신은 산업혁명으로 불리며 점차 그 문화와 사회, 경제 구조를 바꾸어 나갔다. 누가 일하던 똑같은 생산량을 갖게 되던 동등한 노동력이라는 인간의 능력이 자본과 기술이 만나 폭발적인 생산력을 갖게 되었다.

당연하게도 영국에서 시작한 공급의 폭발은 다른 수요처가 필요했다. 그들은 국가에서 동원된 군인도 아니고 약탈을 일삼는 도적 떼들도 아니었다. 그들은 다수의 주주들 투자로 설립된 일종의 주식회사였다. 그들 '비즈니스 맨'이 자국 내에서 차고 넘치는 생산량을 수출하는 것은 어쩌면 자본주의의 확장 상 꼭 필요했을 것이다. 그들은 그들의 물건을 가지고 세계로 뻗어 나갔다. 그들은 힘의 논리에 의해 다른 국가의 시장을 개방했다. 그렇게 역사적으로 옳지 못했다고 하는 제국주의가 시작됐다. 당시 우리나라는 산업혁명이 일찍 발생한 유럽에 비해 자본과 기술이 부족했고, 당연하게도 생산량이 경쟁력에서 밀렸다. 유럽에서 들어오는 값싼 생산품을 수입하는 순간 국내 경제가 아래에서부터 무너지게 될 것이 뻔했다.

선진국이란 항상 그렇다. 자본력과 기술력을 바탕으로 값싸고 좋은 상품을 만들어내고 세계로 물품을 판매한다. 따라서 상대적으로 자본력과 기술력이 부족한 국가는 소비국가가 되고 생산력의 약화라는 악순환의 고리가 끊어지지 않고 이어지게 된다. 이제는 우리도 농업은 앞으로 2050년까지 태어날 25억의 인구에게 자본력과 기술력이 풍부한 농업 생산 국가가 될 수 있다.

제국주의와 같은 무력이나 불공정 무역 따위 없이 생산력과 품질에서의 경쟁에서 승리하는 것은 더 큰 시장을 확보하는 또 다른 총과 칼이 될 것이다. 소비자는 국경을 초월하여 더 좋고 값싼 상품을 찾아 떠나고 선택한다.

누가 더 빨리 세계로 공급물량을 수출하느냐 관건이다. 그것은 결국 소비시장에 공감대를 빠르게 그리고 정확하게 찾아내는 것이다.

하지만 지금 대한민국은 누구보다 빠르게 세계의 수요에 맞는 공급을 만들어내고 있다. 세계의 자원은 한정되어 있고 그 수요도 한정되어 있다. 하지만 기술력의 발전은 계속되기 때문에 그 공급량을 꾸준히 늘어난다. 공급처들끼리의 경쟁이 불가피한 공급과 수요의 균형을 위태롭게 유지하며 평화를 지켜오는 일종의 제로섬 게임이다. 그리고 이 제로섬 게임에 승리는 농업에 있다.

나는 지금 이 매우 좋은 기회라고 생각한다. 우리는 세계의 보편적 문화에 대한 공감을 더 깊게 해야 한다. 세상이 아무리 4차 산업이 대세라고 하더라도, 인간은 데이터를 먹고 살진 않는다. 더 발달한 산업의 시대가 온다고 하더라도 1차 산업이 기반이 되어야 한다. 먹을거리는 매우 중요한 문제이다.

먹을거리는 전 세계가 공유하고 있는 보편적인 산업이다. 아무리 그 사회가 고도로 성장한 산업국가라고 하더라도 농업 기반이 없다면 반드시 망한다.

중립을 지키다

'싸움 구경'이라는 말이 있다 '흥미나 관심을 가지고 바라본다.'는 사전적 용어인 '구경'을 싸움에 사용하고 싶지는 않다. 사소한 문제로 일어나는 싸움을 우리는 많이 바라본다. 어쩌면 우리 모두는 그것을 구경하고 있을지도 모른다.

적당한 긴장감과 다음 전개에 대한 호기심 때문에 싸움 구경은 불구경 다음으로 재미있다고 했다. 나도 사람인지라 싸움 구경을 좋아하였는지도 모르겠다.

누구나 아는 싸움의 법칙이 있다. 일방적인 이야기만 들어서는 안 된다. 누구나 억울하게도 싸움이라는 불구덩이로 흘러 들어가게 된다. 싸움이란 누군가의 잘못에 의해 벌어지는 경우보다는 사소한 오해 때문에 벌어지는 경우가 많다. 오해라는 것은 한자 그대로 잘못된 해석을 말한다.

전하고자 했던 의도와는 다르게 자신이 받아드리기에 잘못 해석되는 것이다. 그렇다면, 잘못 해석을 하는 주체는 누구일까? 상대일까? 나일까?

상대의 의도를 잘못 해석하는 주체는 바로 나 자신이다. 그렇다면, 그런 오해를 없애기 위해 상대를 고치는 것이 아니라 나를 고치는 것이 더 중요하다. 상대의 의도를 오해했다면 말이다.

싸움을 바라보다 보면 막연하게 같은 편을 들어달라고 동조의 눈빛을 받을 때가 있다. 그 눈빛에 공감한다면 한쪽에게는 등을 돌리는 꼴이다.

나는 그저 기분 나쁘지 않을 정도로 적당히 웃으며 말한다.

"이해합니다."

이 말에는 주체를 당연하게 뺀다.

"그 사람이 그렇게 나쁜 행동을 해서 화난 것에 이해한다."를 말한 것이 아니다.

"오해 할 수 있다는 점을 이해합니다."이다.

상대는 나에게 이해와 공감을 위해 동조의 눈빛을 보내고 나의 공감에 화가 누그러트려 진다. 세상을 살다 보면 도저히 이해 못 할 인간과 상종하지 못한 사람들도 존재하고 상식 이하의 사람들도 존재한다. 어쩌면 철철 끓어 넘친다. 그런 부류의 인간을 만날 때마다. 이해 못 할 인간이라고 말하지만 세상 모든 사람은 자신이 내릴 수 있는 최선의 합리적인 선택을 하며 살아간다. 그들의 그 행위 또한 그들이 내린 최선의 선택이다.

그들이 최선의 선택을 했다면 그것은 존중해도 좋을 듯하다. 다른 이에게 피해를 주는 경우가 아니라면 말이다. 이해 못 할 행동들 또한 그들이 내린 최선의 선택인데 만약에 차선이나 차악, 최악의 선택을 했다면 어땠을까?

누구나 최선의 선택들을 하며 인생을 만들어낸다. 그것은 사실이다. 나와 마주하고 있는 이도 최선의 선택을 하고 살아온 인생들로 가득 찬 존재이다. 그가 하는 행위도 그가 가장 최선이라고 생각하는 일들을 하고 있을 뿐이다. 마치 합리적인 최선을 택하고 있는 나처럼 말이다.

오래 살진 않았지만, 공동체 생활을 하다 보니 나만의 철학이 생겼다.

'내가 편하면, 상대가 불편하다.'

내가 편하고 상대도 편하면 물론 매우 좋다. 그런 경우는 드물다. 내가 편하면, 상대가 불편하다. 말을 많이 하다 보면 자신도 놓치는 입 밖의 말들이 있다. 이을 통제하지 못하고 후회하기 마련이다. 그런 말들은 오해를 만들어낸다. 그리고 그것이 싸움이 된다.

싸움을 잘 못 한다. 그 때문에 싸우고 싶지 않다. 싸워봐야 질 것이고 그 때문에 애초에 싸우지 않기 위해 입을 닫는다. 아무도 가만히 있는 돌멩이에 시비를 걸지 않는다. 그냥 피어있는 화단의 꽃에 침을 뱉지 않는다. 만약에 가만히 있는 존재에 침을 뱉는 존재가 있다면 그것은 누가 보더라도 침을 뱉는 사람의 잘못이다. 그것은 오해 없는 분명한 잘못이다. 그런 이는 내가 아니라도 사회적으로 지탄 받는다.나는 돌멩이고 그냥 피어있는 야생화일 뿐이다. 최소 밖에서 마주치는 수많은 사람에게 그런 존재가 되고 싶다. 돌멩이나 꽃은 우리에게 어떤 좋은 점도 주지 않고 나쁜 점도 주지 않지만

상대를 이해하기

며칠 전, 일하다가 문득 화가 잔뜩 나 있는 어느 전화 한 통을 받았다. 아무런 준비도 없이 받게 된 그 전화 한 통화에 나는 매우 당황스러웠지만, 그가 하는 질문들에 가만히 대답해주었다. 전화를 끊고 한참을 멍하게 수화기를 바라봤다.

'이게 과연 화가 날 일인가?'

너무 심각하게 화를 내는 상대를 떠올리며 생각했다.

"어쩌면 이렇게 속이 좁을까? 그냥 그러려니 넘어갈 수 있을 일 같은데……."

그리고 며칠이 지났다. 나름의 급한 이유로 친구에게 전화를 걸었다. 촌각을 다투는 급한 상황에도 전화를 받지 않는 친구가 야속했다. 메신저로 몇 번을 다그치고 나니 화가 치밀어 올랐다.

'잠시만……. 왜 화가 날까? 친구는 그냥 평소와 같이 생활하고 있었을 텐데 나의 상황에 따라서 화가 나는 것은 어쩌면 친구의 탓이 아니라 나의 잘못이 아니겠는가?'

다중 우주론이라는 이론이 있다. 그것이 과학적으로 정확하게 어떤 의미를 지니고 있는지를 따지지 않고서도 우리는 다중의 우주를 지니고 있다.

모두가 하나의 세상을 사는 듯 보이지만 사실은 모두가 다른 세상을 살고 있다. 예전 법륜 스님의 '행복한 출근길'이라는 책을 보다가 한 산을 두고 동산과 서산이라고 서로 이름을 두고 싸우는 마을 사람들에 대해서 들어본 적이 있다. 그렇다. 산은 그 스스로 어디도 동쪽으로도 서쪽으로도 가지 않았다. 다만 내가 사는 집에서 그 산이 동쪽에 있는지, 서쪽에 있는지에 따라 이름을 부를 뿐이었다. 나의 동쪽에 있는 산이라 내가 동산이라고 불렀다고, 반대쪽에 있는 사람들도 모두 동산으로 불러야 한다는 법칙은 없다. 그것은 이기적이다. 아무렴 나의 현재 위치로서 그것이 진리라고 할지라도 그러지 않은 경우도 상당히 많다.

예전에 봤던 미국의 한 시트콤에서 한 사람이 길을 가다가 반대쪽에서 마주 오는 상황을 우습게 그린 장면이 하나 있었다. 그 둘은 서로 길을 가다가 마주치게 되고, 몇 번을 같은 방향으로 가려다 부딪치고 나서야 서로 약속을 정한다.

'하나, 둘, 셋 하면 오른쪽으로 가는 거야.'

규칙이 정해지고 그 둘은 모두 자신의 오른쪽으로 간다. 그리고 다시 같은 방향으로 움직인다. 그리고 이 제안을 했던 최초의 남자는 상대에게 불같이 화를 낸다. 자기를 기준으로 오른쪽이라고 말해서 움직였는데 상대가 자신의 왼쪽으로 움직인 것에 대해서 화가 난 것이다.

모든 사람은 그 기준을 자신에게 잡는다. 그 기준을 우리는 가치관이라고 부른다. 가치관은 태어나면서부터 형성된 것과 나고 자라면서 스스로 학습한 것들, 그리고 다양한 주변 인물로부터의 학습 등으로 나온다. 모든 사람은 똑같은 경험과 학습을 하지 않는다. 최소한 그 부모의 말투라도 다를 수도 있다.

그 때문에 우리는 모두 각자 다른 가치관과 기준을 가지고 살아간다. 그런 가치관과 기준이 다르기 때문에 가운데 있는 산을 두고 누구는 동산이라고 부르고, 누구는 서산이라고 부르는 것이다.

나는 싸움을 싫어한다. 싸우지 않는 가장 좋은 방법은, '서산'이라고 부르는 사람이 그 산을 '서산'이라고 부르는 이유에 대해서 생각해 보는 것이다. 그것이 과연 모든 사람에게 꼭 '동산'일 필요가 있는지?

우리가 바라보는 세상이 꼭 정답일 필요는 없다.

별의 별 인간들

아버지는 내가 입대 전 이런 말씀을 하셨다.

'전국에서 사람들이 모이다 보니, 별의별 인간이 다 있을 것이다.'

내 생각보다 더 많은 종류의 '별의별 인간들'은 군대에 모여 있었다.

정신적으로, 육체적으로 건강한 대한민국 남성을 뽑아놓고 임의로 한 내무실에 집어놓는 이 군 시스템에서, 내가 별의별 인간을 만났다는 건, 알고 보면, 내 기준에 평범한 사람이 없다는 말이다.

우리 아버지가 말씀하셨던, 아버지 시대의 '별의별 인간들'은 벌써 나이를 먹고, 결혼과 출산 후, 그 자식을 또 군대로 입대시켰다. 그리고 그들은 또다시 내무반에 모여 '별의별 인간'이 되었다. 그들이 나와 함께 군 생활을 했다.

당시에는 이해 못 할 인간의 종류가 너무 많았다. 어쩌면 평범한 사람이라는 게 이렇게 어려울까? 하는 회의감도 들었다. 간혹, 몇몇 평범하다고 보이는 몇 명과 친하게 지내면서 군 생활을 마무리 지었다.

군대를 전역하고 시간이 흘렀다.

그 별의별 인간이 학교로 모여들었는지, 학교에도 별의별 인간이 있었다. 도저히 이해 못 할 인간과 상종해서는 안 되는 인간의 부류도 만나게 되고, 정말 이해 못 할 인간도 만나게 된다.

그렇게 내가 군대에서 만난 인간들이 학교를 벗어나 사회로 나가며 회사 직장동료와 상사 부하가 되고 손님과 사장이 되었다. 별의별 인간들이 모두 다 얽혀져 있다.

그 '별의별 인간'이라는 말.

그때는 왜 그렇게 밖에 해석이 안 됐을까.

우리는 모두가 각자의 색안경을 끼고 태어났다.

우리는 모두 우리를 키워주셨던 부모님과 친구, 사촌 혹은 친구들에게 수많은 영향을 받고 자랐고 살아가면서 스치면서 봤던 책의 한 줄, 지나치듯 봤던 티브이의 광고, 음악, 학교 운동장에서 기어가는 개미를 보며 얼핏 들었던 망상까지. 수많은 다른 환경에 노출되어 각자의 객체를 완성 시켜 갔다.

우리가 생후 1개월일 때, 우리는 모두가 비슷했다. 모두 다 평균이었고 모두가 평범했다. 하지만 6개월이 흐르고 부모에게 어떤 이야기들을 수도 있고 24개월이 되어서 어떤 만화영화를 시청했을 수도 있다. 그렇게 우리는 조금씩 지구상 70억 개 각각의 객체가 되어갔다. 하루가 쌓이고 그 하루는 복리가 되어 또 다른 하루를 만들어 갔다.

별의별 놈 중, 물론 나와 비슷한 환경에 노출된 놈들도 있다. 나는 그런 놈들을 평범한 사람이라고 불렀을 것이다. 누구나 각자의 기준을 두고 살아간다. 가운데에 왼쪽과 오른쪽을 나누는 커다란 벽을 세우고, 벽이 높을수록 상대쪽을 보지 못한다. 내가 상대를 볼 때 '별놈 다 있군!'이라고 판단하는 것은 상대가 이상해서라기보다 나의 시선이 그 벽을 넘지 못했기 때문이다.

나는 김대중 전 대통령의 메모 방식을 굉장히 좋아한다. 풀리지 않는 난제가 있을 때 그는 종이를 반으로 접고 그 난제로 겪게 될 안 좋은 점을 한쪽 면에 적는다고 했다. 반대쪽 면에, 반드시 따라오게 될 좋은 점을 적어 둔다고 한다. 모든 것에는 긍정적인 측면과 부정적인 측면이 있다. 우리는 고요한 밤에 야수의 위협을 경계하던 사피엔스 조상들의 DNA를 가지고 있다. 될 수 있으면 움츠리고 걱정하고 부정적으로 생각하게 시스템 되어 있다. 하지만 객관성만 유지한다면 모든 것에는 양면이 있음을 깨닫는다.

모든 것에는 양면이 있다. 내가 세워둔 모호한 기준이라는 벽만 걷어차도 내가 볼 수 있는 세상은 무한하게도 넓어진다. 기준이 높으면 벽에 가려진 세상에서 나 혼자만의 삶을 살 게 된다. 내 쪽에 있는 사람들만 만나면서 편협한 세상에 대한 시선만 넓혀간다. 사실 나와 닮은 환경에 노출되었던 사람들은 극소수일 것이다. 어쩌면 백 명에 한둘 정도 되려나?

하지만 세상에 '돈, 운, 명예' 등 우리가 얻고자 하는 것들은 꼭 그 극소수에게서만 얻을 수 있는 것들은 아니다. 자신을 가두어 둘수록 닮은 것들끼리 고립되고 몰락하게 되어 있다.

'별의별 놈 다 있군!'이라는 말.

나는 요즘 다르게 해석한다. 나는 사람을 볼 때, 그 사람을 '별'이라고 생각한다. 아주 가까운 사람이든 아주 먼 사람이든 모두가 하나의 별이다. 그저 그 자체로 인정하자. 우리는 수억 광년 떨어져 있는 '별빛'을 바꾸지 못한다. 비교적 바로 코앞에 있는 '달빛'도 바꿀 수 없다. 이것은 멀고 가깝고의 문제가 아니다. 그저 별빛을 별빛으로 두고 달빛을 달빛으로 두어야 한다. 얼마나 가깝던 바꿀 수 없다. 바꾸어서도 안 된다.

그저 그 자체로 빛나도록 두어야 한다.

너는 너대로 빛나거나. 나는 나대로 빛날 테니······.

아이에게도 부모님에게도 친구에게도······.

그들에게 나다움을 강요 않아야 한다. 그 자체로 완전하다고 인정해 주는 길을 택해야 한다. 생각해보니 매해가 되면 새해 다짐을 한다. 벌써 수십 년을 세우면서 나 자신도 지키지 못한다. 내년이 되면 또다시 새로 다짐을 한다. 내가 나에게 바라는 것들도 지키지 못하면서 아이들, 부모님에게 내가 바라는 것을 지키길 바라는 것은 좀 우스운 일이 아닐까?

'너는 너대로 빛나거나. 나는 나대로 빛날 테니······.'

답답하다는 것도 공감하자

요즘 아이들이 기저귀 떼기를 하고 있다. 가끔 자면서 실수를 하긴 하지만, 그래도 매일 같이 습관이 길러지는 모습을 보면 대견하기도 하다. 오늘 아침에는 하율이가 눈을 뜨자마자 심하게 울더니 이불을 걷어보니 실수를 한 모양이다. 침대와 이불을 빨기 위해 내어놓고 우는 하율이를 달랜다. 사실 쪽쪽이를 뗄 당시에도 비슷한 경험이 있었다. 아이들은 한참 익숙해져 있던 습관을 고치기 위해 매우 노력한다.

그 힘든 모습이 눈에 보이기도 한다. 어른들의 눈에는 별것도 아닌 일들인 단순한 대소변 가리기는 부모를 조급하게 만들기도 한다. 곰곰 하게 생각해보면 세상에 태어난 지 만 4년도 되지 않는 아이들에게 아직 세상은 신기한 것투성이다.

내가 외국에 있을 때 주변에 외국인들이 내가 모르는 말을 주고받으면서 웃을 때 소외감이 생각난다. 아마 아이들은 간절하게 알아듣고 싶은 어른들의 언어를 이해하려고 부단하게 노력하고 있을 것이다. 가만히 다율이와 말할 때 보면 다율이의 눈이 내 입술을 뚫어지게 보고 있다는 걸 느낄 때가 있다. 내가 어학연수를 떠났을 때 외국인 친구들의 혀 움직임과 입술 모양을 살폈던 추억이 떠오른다.

아무리 노력하지만, 내 감정을 정확히 표현하지 못하는 답답함은 아이나 어른이나 비슷할 것이다. 뉴질랜드에 도착한 첫날 나는 오클랜드 시내로 플랫을 구하기 위해 다녔다. 거기서 Kumar라고 하는 인도인을 만났다. 자신의 방이 있으니 들어오라는 말이었다. 나는 그의 말에 따라 그의 플랫으로 들어갔다.

Kumar는 나의 절친이 되었다. 격 없이 친하게 지내고 싸우기도 엄청 많이 싸웠다. 그 친구와 거의 절교 수준까지 갔던 사건이 하나 있다. 그 친구는 프랑스, 영국, 미국 등지에서 쉐프를 하던 친구인데, 이 친구의 영어 실력은 당연히 출중하다. 가끔 내가 알아듣지 못 하는 말을 할 때도 있지만, 그는 나에게 원어민과 꼭 같이 대해 주었다.

20불이면 주고 살 수 있는 rice cooker(밥통)를 샀다. 내가 밥을 해놓으면 자동으로 보온으로 스위치가 돌아가는 녀석인데, 밥이 완성되면 플랫 메이트들이 내 밥통의 코드를 뽑아놓았다. 그 때문에 나는 항상 찬밥을 먹을 수밖에 없었다. 나는 녀석들에게 화가 나서 먼저 이야기를 꺼냈다.

'코드를 뽑아 놓으면 밥이 식게 되잖아!'

그러자, 아르헨티나 친구가 말했다.

'먹지 않는 밥을 보온하는데 전력을 소비하는 건 낭비야!'

그리고 Kumar가 거들었다.

'밥이 식으면 냉장고에 넣어놨다가 다시 전자레인지에 데우거나 다시 조리해 먹는 방향으로 해. 전기는 혼자 쓰는 게 아니야.'

살면서 단 한 번도 밥통의 보온을 전력 낭비라고 생각해 본 적 없었다. 황당했지만 아르헨티나, 인도, 멕시코 등의 친구가 봤을 땐 내가 상식 밖이었다. 절대다수에 의해 나의 잘못이 명확했다. 나는 곧 수긍했다. 하지만 학교도 가야 하고 일도 해야 하는 바쁜 나는 밥이 식기를 기다렸다가 냉장고에 둘 여유가 없었다.

그 때문에 식지 않은 밥을 그냥 냉장고에 넣어버리는 '무지'하면서도 '무례'적인 행동을 했다. 지금 생각하면 참 어이없는 행동이다. 나는 그것이 잘못된 일이라고 생각하지 못했다. 너무 어렸던 탓인 것 같다. 어느 날, 우리 집에 놀러 왔던 싱가포르 친구가 나의 잘못을 이야기해 주었다.

'이렇게 넣어버리면 냉장고 안에 음식도 상하고, 전기세도 많이 나와'

'아, 그래?' 그리고 더 냉장고에 밥을 넣어두지 않았다.

어느 날, 밤늦게까지 클럽에서 일하다가 녹초가 되어 집으로 돌아왔는데 Kumar가 나를 불렀다. 몹시 냉정한 표정을 하더니 냉장고 앞에서 깨져 있는 냉장고 바닥 유리를 가리켰다.

'네가 밥을 넣어놔서 깨진 거야.'

내가 밥을 넣었던 건, 두세 차례이고, 밥을 넣지 않은 지는 벌써 한 달 가까이 지났다. 그 말을 하고 싶었다.

또한, 나에게 지난주 플랫 비도 내지 않았다며 지난주 플랫 비와 이번 주 플랫 비를 합쳐 300불을 내라고 하며 냉장고 유리는 직접 가서 사 오라고 했다.

나는 메모광이다. 내가 그날그날 썼던 메모를 보여주며 플랫 비를 냈던 내용과 Kumar가 무슨 행동을 하고 있었는지. 서로 무슨 대화를 하고 있었는지가 적혀 있었다. 하지만 그것을 설명할 길이 없었다. 가슴만 두드리면서 안되는 영어로 손과 발을 이용하여 그와 싸웠지만 결국은 그냥 150불 더 내버리자는 마음으로 돈을 내기로 했다. 몹시 억울했다. 하지만, Kumar는 이제 유리를 사고 오라고 했다.

중고로 산, 수년도 넘은 오래된 냉장고의 부속 부품을 어디서 구해야 하는 걸까? 나는 터덜터덜 버스를 타고 오클랜드 외곽에 제조 공장이 많은 지역으로 내려서 그냥 걸어보았다. 우리나라처럼 간판이나 문의하는 곳도 하나 없는 깔끔한 뉴질랜드의 주택가 같은 공단을 의미 없이 걷고 돌아왔다.

Kumar는 불같이 화냈다.

'이 나라에 온 지 한 달도 안 됐는데 이런 부속 부품을 사고 오라는 게 말이야?'라고 따지고 싶었다. 따질 수 없었다. 울분이 마음속에서 터질 것만 같았다.

녀석은 지금도 친한 친구이다. 당시 유학할 때 연락하던 친구 중 지금도 활발히 연락하는 녀석은 이 녀석뿐이다. 지금은 말싸움하면 결단코 지지 않는다. 하지만 당시는 내가 말을 못 한다는 이유 하나만으로 너무나도 억울한 일들이 많았다.

아이에게는 아마 우리와 같이 여러 가지 감정이 있을 것 같다는 생각이 든다. 인간의 언어는 학습과 생활을 통해 얻어진다. 감정은 교육으로 얻어지는 것이 아니다. 아마 아이들은 잘은 몰라도 우리와 비슷한 감정을 가지고 살아가고 있을 거로 생각한다.

만약 내가 오늘부터 아프리카의 콩고어를 배운다고 하면 나는 4년 만에 아이들만큼의 소통이 가능한 사람이 되어 있을까?

정답은 아닐 것 같다. 최소 언어를 배우려면 10년 이상은 해야 겨우 흉내가 가능한 한 듯하다. 아이들은 세상에 하나의 인맥만 가지고 태어났다. 소통할 수 있는 그 어떤 언어도 없이 하루를 보내며 이해하지 못할 온갖 새로운 문명과 문화를 만난다.

아이를 나라 잃은 외국인이라고 생각한다면 아이들이 겪을 하루의 스트레스가 얼마나 심할지 대강 짐작이 가능하다. 오늘도 아이를 보내고 겨우 하루가 시작한다. 매일 더 잘해줘야지 싶으면서 항상 후회하는 게 육아인 듯하다.

쌍둥이가 나보다 더 훌륭해 자기를 바라며

어제저녁이다. 쌍둥이의 좋은 점은 아마도 '함께 태어난 친구'이지 않을까 싶다. 녀석들은 굳이 어른이 놀아주지 않는다고 하더라도 너무 신나게 논다. 난데없는 흐름으로 자지러지듯 웃다가, 갑자기 울다가 이렇게 노래를 부른다. 노래를 부를 때는 꼭 춤을 함께 춘다. 아이들의 노래는 노래로 시작하지만 갑작스러운 초음파 고음으로 돌변한다. 도저히 한 방에 있기에는 귀가 아프다.

주말을 맞이한 나는 책을 펴놓고 귀를 틀어막고 보다가, 헛웃음이 터진다.

'그래. 어디 한 번 계속해 보아라.'

자리를 고쳐 않고, 아이들의 노래를 들어보기로 했다. 하율이는 '콩콩' 하고 뛰는 걸 좋아한다. 엄청나게 활발한 에너지 탓에 같이 있으면 우울한 기분이 저절로 사라진다. 침대나 소파 위에도 '콩콩' 뛰는 걸 좋아한다. 그때의 표정은 너무 신나 보인다. 내 딸이 아니더라도 누군가가 행복한 표정을 짓고 있는 모습을 보는 건 함께 행복해진다. 녀석들은 어쩌면 그런 행복을 전달하려고 부단히 노력하고 있는지도 모른다. 아이들은 감정 표현이 확실하다.

해맑게 웃고 있다가도, 갑자기 눈물을 흘리고는 한다. 어제는 밤늦게까지 쉬지 않고 노래를 불렀다. 그러다, 자는 시간을 놓칠까 봐, 불을 꺼 버린다. 그럼 닭똥 같은 눈물을 꾹. 하고 짜면서 불을 켜달라고 조른다. 불을 켜면 다시 원래의 모습으로 돌아가 이렇게 춤추면서 논다.

'레리꼬'

아이들이 부르는 노래이다. 하율이가 입고 있는 옷은 '겨울왕국의 엘사' 옷이다. 내가 사준 적은 없는데 어떤 출처로 저 옷이 우리 집에 있는지는 모르겠다. 어쨌건 아이들은 저 옷을 쟁탈하기 위해 치열하게 싸운다. 저 옷을 입은 아이는 꼭 나에게 와서 묻는다. 치마를 내 쪽으로 잘 보이도록 펼치며 묻는다.

'아빠. 엘사 공주 같아?'

'엘사공주님이네?'

그러면 아이는 다시 또 난데없이 노래를 부른다. 나는 원래 한 영화를 여러 번 돌려보는 걸 좋아한다. 특히나 10여 년 전에는 디즈니 영화를 많이 좋아했었다. 알라딘이나 아나스타샤 등의 영화는 내가 유학 가기 전부터 수백 번 돌려보던 만화이다. 하지만, 그렇게 재밌는 겨울왕국이 이제는 지겨워지기 시작했다.

짧은 스토리가 이어져 있는 다른 어린이 만화 영화는 아이와 함께 보기 지루하다. 그 때문에 아이들도 보고 나도 함께 볼 수 있는 영화면 얼마나 좋을까 생각했었다. 그렇게 찾은 것이 겨울왕국이다. 아이들은 겨울왕국을 보기 전에, 겨울왕국2를 극장에서 함께 봤다. 그때도 재밌게 보긴 했지만, 아마 지금 다시 겨울왕국 3가 나와서 본다면, 더욱 열광하지 않을까 싶다.

가끔은 인간으로서 녀석들이 부러울 때가 있다. 어른으로 산 세월은 그렇게 많지 않다. 하지만 조금 해보니 어른은 별로 좋은 것 같지가 않다. 자신의 감정에 솔직하지 못해야 하고, 슬픔을 슬픔대로, 기쁨을 기쁨 그대로 표현해서는 안 된다. 슬프지만 기쁜 표정을 해야 할 때가 있고 기쁘지만 덤덤한 표정을 해야 할 때가 있다.

우리는 생물학적으로 발생하는 감정을 사회적으로 숨긴다. 우리의 본질은 '사회'에 있지 않다. 불교에서는 인간이 태어나면 반드시 겪게 되는 4가지 고통이 있다고 한다. 생로병사. 태어나 늙고 병들고 죽는다는 말이다. 우리가 하나님의 자녀 된 삶을 살던 인샬라, 알라의 뜻대로 살아가던, 부처님의 가르침을 행하던 결국은 모두 '삶'을 행하게 된다.

삶이란 생명을 부여받는 일이다. 생물이 살아 숨 쉬고 활동하는 힘을 우리는 생명이라고 하고 이는 모든 생물에 공통으로 존재하는 속성이다. 우리의 삶에 여러 가지 의미를 부여하기 위해 노력하지만 결국, 본질로 돌아가 보면, 우리는 그저 살아갈 뿐이다. 삶에는 숨겨져 있는 어떤 의미가 없다. 의미를 찾으려 한다면 인생의 무상함이 찾아온다. 덧없다. 아마도 인생이 끄트머리에서 '결국은 남는 것이 없구나.'를 깨달을지도 모른다. 우리는 어머니 뱃속으로부터 나오면서, 단 한순간도 쉬지 않고 죽음으로 내달리고 있다. 성공, 돈, 꿈, 목적 등에 자신의 존재 이유를 걸어놓고 산다. 하지만 그 어느 것도, 삶의 의미는 아니다.

40만 년 간 인류는 나고 죽었다. 그중 그 의미를 찾은 사람이 있을 수도 있고 없을 수도 있다. 무엇이 다른가? 성공한 삶도 있고 실패한 삶도 있다. 무엇이 다른가? 부유한 삶도 있고 빈곤한 삶도 있다. 무엇이 다른가. 그런 생각이 든다.

아이들은 아마 앞으로 15년 뒤면 나에게서 떨어져 나가 자신의 인생을 살 것이다. 가만히 생각해보면 나의 역할은 그것으로 끝이다. 나의 삶을 녀석들은 녀석들의 삶을 살 것이다. 인생 전체에서 아주 잠시 함께 동거할 뿐이고 그들이 미숙한 시기를 나는 조금 도울 뿐이다.

우리가 잘 알고 있는 구암 허준의 아버지, 허론은 일찍이 글을 익혔고, 다방면의 학문에 통달했다고 한다. 무과에 급제하여 용천 부사를 지냈다. 나름대로 지체 높은 양반으로 존경받았다. 그에 반에 그의 아들인 허준은 서자로 태어났다. 허준은 족보에 이름을 올릴 수조차 없었다. 그 누구도, 허론의 서자로 태어난 허준이 그의 아버지의 지위를 넘으리라고 생각하지 않았다. 하지만, 아들인 허준은 '보국숭록대부'의 관계로 정1품의 품계를 받았다. 이는 조선에서 가장 높은 품계로 임금 다음의 품계이다.

'부자의 관계'만 제외하면 그 누구도 허론을 허준보다 높게 평가하지 않는다. 그저 같은 시대에 20년 먼저 삶을 살았다고, 내가 내 아이들보다 낮은 건 하나도 없다. 어제는 문득, 아이들의 노래를 한참을 지켜보며 그런 생각을 했다. 만약에 내 나이가 70세가 되고 아이들이 40세가 되었을 때 나는 아이들이 내 앞에서 노래를 부르는 이 순간으로 돌아갈 수 있다면 얼마의 값어치를 지불할까?

왠지 노인이 된 내가 간절히 바라는 순간을 나는 지금, 이 순간도 빠르게 흘려보내고 있을지도 모른다.

아이와 소풍갈 수 있는 촌에서의 생활

비가 오는 날이 많아지다 보니, 아이들과 외출하는 날이 줄어든다. 워낙, 기운 넘치는 녀석들이기 때문에 실내에서는 그 기운을 다 소모하지는 못한다. 차를 타고 40분 정도 달려서, 서귀포 강정 마을로 도착한다. 강정마을은 행정적으로는 대천동에 속한다. 동쪽으로 법환동이 있고, 서쪽으로는 월평동에 접하여 있는 이곳은 흔히 제주도에서 '신시가지'로 불린다. 예전에는 이곳을 가래 현이라고 부르다가, 물이 많은 곳이라는 특징을 따서, 강정마을이라고 부르게 되었다고 한다. 마을 동쪽에는 강정천이 있다. 평소에는 말라버리는 다른 제주의 하천과는 다르게 강정천은 사계절 맑은 물이 흐른다. 이 하천이 서귀포시 식수의 70%를 공급하고 있다고 하니, 물이 많은 마을이라는 '강정'은 참 잘 지은 이름이기도 하다.

지금은 아주 깨끗한 도심이지만 사실 이곳은 600년 전까지만 하더라도 촌락이 형성되지 않았다. 세종 21년인 1439년, 왜적의 침입을 막기 위해 동해방호소라는 감시소를 설치했는데, 그 감시소의 주변으로 촌락이 형성되어 이 마을의 기초가 되었다고 한다.

　작년, 이맘때쯤, 아이들과 강정천을 놀러 갔었다. 아마 8월이었다. 숨쉬기 힘들 정도의 땡볕과 기온에 차에서 내리기 끔찍한 여름날, 빵빵한 에어컨을 켜고 차에서 수분을 대기했다. 엄두가 나지 않는 여름 기온은 아마 올해보단 덜하다는 생각을 곧 할인지도 모르겠다. 빨간색 코나ev를 주차장에 대략 주차해 놓는다. 이미 빽빽한 차들 사이로 겨우 주차한 후, 하천으로 들어간다. 가면 평상들이 놓여 있다. 평상을 빌리려면 하천 근처의 음식을 주문해야 했다. 백숙 한 마리를 먹으면 평상을 대여해 준다. 우리는 그냥 놀기로 했다.

　여러 사람이 평상에 앉아 수박도 먹고, 백숙도 먹었다. 우리는 그 옆에 앉아 웅덩이 같은 곳을 찾았다. 평상 위를 가리고 있는 가림막 안으로만 들어가도 시원한 공기가 맴돌았다. 대충 아이들이 놀만 한 공간을 찾아 앉았다. 대충 신발을 벗고, 바지를 종아리 위까지 걷어 올린다. 아이들과 물가에 앉았다. 아이들은 '우와' 소리만 내고, 소심하게 쳐다보았다. 발을 담가 봤다. 얼음장 같은 차가운 물의 감촉이 발 속의 모세혈관의 혈액을 타고 온몸을 휘감는다. 심장까지 차가워지는 하천물은 차가운 만큼 깨끗하기도 했다. 물살의 속도는 매우 빨랐다. 아이들을 잡고 있지 않다가는 큰 사고가 날 수도 있겠다 싶었다.

　물이 빠르게 빠져나가는 구간에 살포시 머무는 웅덩이를 찾는 데 한참이 걸렸다. 아이들에게 손을 넣어보라고 했다. 아이들은 눈으로만 보면서 연신 '우와'를 할 뿐 건들지 못했다. 내 손에 물을 적혀, 아이들의 얼굴이 손가락을 튕겨 물을 뿌렸다.

쌍둥이의 성격은 몹시 다르다. 하율이는 장난꾸러기이자 밝고 긍정적인 아이이고, 다율이는 장난을 심하게 치면 정색을 할 만큼 똑 부러진 아이이다. 역시, 성격이다. 물을 얼굴에 뿌리자. 다율이가 눈살을 찌푸리며 말한다.

'안돼!'

가끔은 어린아이의 정색에 무안할 때도 있을 만큼 다율이의 성격은 똑 부러진다.

만 1년이 지나, 이 근처의 아파트 단지로 걸어왔다. 이곳은 계획 도심답게 도시가 잘 정리되어있다. 이마트도 바로 앞에 있어 살기는 매우 좋다. 이마트에서 비눗방울 장난감을 하나씩 사고 맥도날드에서 감자 칩에 딸기 스무디를 하나씩 사서 아이랑 먹고, 근처의 키즈 카페로 가기로 했다. 바로 키즈 카페로 들어가기에는 감자 칩도 너무 많이 남아있고, 이마트에서 산 버블이 터져 버려서, 빨리 소비해야 했다. 주위를 둘러보다 찾은 곳이 아파트 놀이공원이었다.

아파트 놀이공원에는 이미 많은 언니, 오빠들이 놀고 있었다. 아이들에게 비눗방울 만드는 방법을 알려주고 한 20분 정도를 신나게 놀아주었다. 문뜩 그네의 기원이 궁금했다. 아이들이 노는 사이 그네의 기원을 간단하게 인터넷 서칭해본다. 참 괴짜 같지만, 이렇게 '기원 찾기' 놀이는 가끔 책을 읽는 것만큼이나 새로운 정보를 얻게 해준다.

그네의 기원은 참으로 허무하다. '북방 유목민의 풍속이 중국을 거쳐 우리나라로 들어온 것으로 추측하지만, 정확한 기원은 모른다고 한다. 어찌 됐건, 그네타기는 단옷날 우리 여성들이 가장 즐겨 하던 놀이 중 하나는 분명한 듯하다.

가끔은 정말 살벌하게 싸우기도 하지만, 항상 좋알쫑알 이야기하고, 챙겨주는 서로가 있어 더욱더 즐거운 하루였다. 아이들이 지금과 오늘을 기억하지는 못할지라도, 무의식의 아주 깊은 곳에 행복이라는 감정만 묻혀 있도록 부모로서 노력해야겠다고 생각한 하루다.